하브루타 학습법으로 생각을 키우는

진 짜 진 짜

독서논술

P2권

예비 초등

siso
study

저자 박현창

한양대학교 국어교육과를 졸업하고 독서교육의 선구자인 박영목 교수님을 사사했습니다. 대학 졸업 무렵 은사의 권유로 국어 교재 연구에 뛰어들었고, 국어 교재 기획과 개발에서 영향력 있는 전문가로 활동하고 있습니다.

저서로는 〈기적의 독서논술〉 전 12권, 〈어휘 바탕 다지기〉 전 4권, 〈한자 어휘 바탕 다지기〉 전 4권, 〈퀴즈 천자문〉 2,3권, 〈퍼즐짱 한자박사〉가 있습니다.

재능한글, 재능국어 초중등 프로그램, 재능국어 읽기 학습 프로그램, 제6차 교육과정 고등학교 독서 교과 2종을 개발하였고, 중국 선전 KIS 국제학교 교사, 중국 선전 삼성 SDI 교육 자문 위원으로 활동했으며, 하브루타 창의인성 교육연구소 이사로 활동 중입니다.

저자 장성애

교육학을 연구하고 물음과 이야기가 있는 개념 있는 삶을 지향하는 하브루타 코칭과정을 개발했습니다. 독서, 학습, 토론, 상담, 머니십교육 등을 진행하며 마음샘 교육심리 연구소와 하브루타 창의인성 교육연구소 소장으로 활동 중입니다.

저서로는 〈영재들의 비밀습관 하브루타〉, 〈질문과 이야기가 있는 행복한 교실〉(공저), 〈엄마 질문공부〉가 있습니다. 유아부터 성인까지 다양한 학습자들을 만나면서 부모 교육과 교사 연수를 비롯해 각 교육 기관, 사회 기관, 기업 등에서 강의하고 있습니다.

진짜진짜 독서논술 P2권 예비 초등

초판 발행 2021년 10월 22일
글쓴이 박현창, 장성애
그린이 박정제, 이성희, 김청희, 최준규
편집 이정아
기획 한동오
펴낸이 엄태상
디자인 이건화
마케팅 본부 이승욱, 전한나, 왕성석, 노원준, 조인선, 조성민
경영기획 마정인, 최성훈, 정다운, 김다미, 오희연
제작 조성근
물류 정종진, 윤덕현, 양희은, 신승진
펴낸곳 시소스터디
주소 서울시 종로구 자하문로 300 시사빌딩
주문 및 문의 1588-1582
팩스 02-3671-0510
홈페이지 www.sisostudy.com
네이버 카페 cafe.naver.com/sisasiso
블로그 blog.naver.com/sisostudy
인스타그램 instagram.com/siso_study
이메일 sisostudy@sisadream.com
등록일자 2019년 12월 21일
등록번호 제2019-000149호
ⓒ시소스터디 2021
ISBN 979-11-91244-55-7 64800

머리말

우리 아이들이 이미 접어들었고 살아가야 할 세상을 흔히 지식정보화 사회, 지식혁명의 시대라고 합니다. 그래서 고도의 이해와 표현 능력, 논리적이고 창의적인 듣기·말하기·읽기·쓰기가 요구됩니다. 사회와 학교에서 국어 교육의 중요성을 새삼 인식하게 된 까닭이 여기에 있습니다. 논리적이고 창의적인 언어 사용이란 이치에 맞게 조리 있게 말과 글을 쓰는 것이고 나아가 이미 존재하고 있었으나 미처 깨닫지 못했던 이치를 발견해 내는 것입니다. 요약하면 지식과 지혜입니다. 지식이 아는 것이라면 지혜는 그 앎을 적용 또는 활용하는 것입니다. 이 시대는 지식에서 추출하고 정제한 지혜가 더욱 필요한 때입니다. 지혜로운 듣기·말하기·읽기·쓰기가 세상과 사람에 대한 근본 원리를 이해하는 데 값어치를 합니다.

그러나 국어 교육이 여전히 지혜보다는 지식에 편중되어 있음이 참 안타깝습니다. 지식을 외고 저장하기에 정신없이 바쁩니다. 물론 지혜의 바탕은 지식입니다. 하지만 딱 지식에만 머물러 있어서 교육에 들이는 노력과 비용이 아깝기만 합니다.

지향할 가치가 바뀌었으니 당연히 그것을 성취할 방법과 평가도 바뀌어야 합니다. 이전 세대에게 적용되었거나 써먹었던 가치, 방법과 평가가 주는 익숙함의 관성을 탈피해야 합니다.

논리적이고 창의적인 사고력은 사실 아이들이 어른들보다 훨씬 낫습니다. 서너 살 먹은 아이들을 보세요. 무엇인가 끊임없이 묻고 이해하려 듭니다. 그리고 시인의 감수성에 버금가게 감동적으로 표현합니다. 다만 어른들이 이해하지 못하고 받아들이기 껄끄러워할 뿐입니다. 어른들의 생각맞춤법에 어긋난다고 하여 얕잡아보고 무시해 왔지만 철학은 언제나 그들의 논리와 창의가, 지식과 지혜가 마땅하고 새삼 놀랍다고 증명합니다.

그래서 해결책은 의외로 뻔하고 쉽습니다. 아이들에게 마음껏 의견을 내놓고 따지고 판단하는 토론의 멍석을 깔아주는 것입니다. 여기에 딱 한 가지 '고도'의 기술이 필요하기는 합니다. 아이들의 듣기·말하기·읽기·쓰기와 이를 바탕으로 한 토론에 그저 토닥토닥 격려하고 긍정의 추임새를 넣어주며 존중해 주는 것입니다. 그래서 이 책을 내놓습니다.

저자 **박현창**

 1

진짜진짜 독서논술은 어떤 책인가요?

질문과 대화, 토론과 논쟁을 통해 창의적으로 답을 찾는 하브루타 학습법을 도입한 독서논술 학습서예요. 주어진 논쟁거리에 자유롭게 묻고 답하며 생각을 마음껏 키울 수 있어요. 더불어 읽기와 쓰기, 어휘 문제를 풀면서 국어력도 키워 줘요.

진짜진짜 독서논술은 언어 능력을 개선해서 사고력과 창의력을 키워 말과 글로 자기 생각을 표현할 수 있는 능력을 기르는 학습서예요.

2

하브루타 학습법이 무엇인가요?

하브루타는 짝을 지어 서로 질문을 주고받으며 공부한 것에 대해 논쟁하는 유대인의 전통적인 토론 교육 방법이에요.

정해진 답을 찾는 게 아니라 쟁점에 대해 다양한 생각과 시각을 나누는 창의적인 학습법이죠. 질문을 주고받는 과정에서 자신이 아는 것과 모르는 것을 인지해서 부족한 점을 보완하는 메타인지 능력도 키울 수 있어요.

하브루타 학습법은 사고력을 기르는 데 적합한 공부 방식으로, 우리 책은 토마토 모양에 하브루타식 질문을 담았어요.

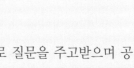

3

왜 토마토 모양에 하브루타식 질문을 넣었나요?

토마토는 '토닥토닥 마음껏 토론하기'를 줄인 말이에요. 하브루타 토론을 마음껏 해 보기를 바라는 마음을 담은 표현이지요. 질문은 다섯 가지 유형으로 나눠지는데, 이 유형은 바로 사고력을 다섯 가지로 구분한 거예요. 사고력의 다섯 가지 유형은 다음과 같아요.

| 사실적 이해 | 추론적 이해 | 비판적 이해 | 창의적 이해 | 논리적 이해 |

토닥토닥 마음껏 토론해 봐

4 사고력의 다섯 가지 유형을 소개합니다.

사실적 이해

읽은 내용을 사실 그대로 이해하고
표현하는 것

 사실

1 농부들은 나귀를 둘러메고 가는 아버지와 아들을 보고 뭐라고 했나요? 낱말을 따라 써 보세요.

 나귀를 둘러메고 가는

추론적 이해

직접 드러나지 않은 내용이나
생략된 부분을 이해하고 표현하는 것

 추론

1 마을 사람들은 안 부자를 보며 무슨 생각을 했을까요? 알맞은 것을 찾아 말풍선에 색칠해 보세요.

비판적 이해

일정한 기준에 따라 옳고 그름,
좋고 나쁨을 가치 판단하는 것

 비판

2 독수리를 사자 왕자의 선생님으로 고른 것은 잘한 걸까요? ○나 X에 색칠해 보세요.

 잘했다 ○   잘못했다 X

논리적 이해

원인과 결과를 논리적인 규칙과
형식에 맞게 이해하고 표현하는 것

 논리

3 안 부자가 사람들을 초대하려는 이유는 무엇일까요? 알맞은 이유를 찾아 동그라미 쳐 보세요.

 집을 자랑하고 싶어서 초대하려는 거야.   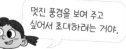 멋진 풍경을 보여 주고 싶어서 초대하려는 거야.

창의적 이해

읽은 내용을 바탕으로 상황과 조건에
맞게 생각을 창조하고 표현하는 것

 창의

3 안에 갇힌 쥐들은 마음이 어땠을까요? 쥐들의 마음을 잘 나타낸 문장을 찾아 스티커를 붙여 보세요.

스티커   스티커

5 무엇을 읽고 문제를 푸나요?

읽는 건 정말 중요해요. 하지만 **무엇**을 읽는지는 더 중요해요. 선별되지 않은 글을 마구잡이로 읽으면 오히려 **독해력**을 기르는 데 방해가 되죠.

진짜진짜 독서논술은 오랫동안 읽혀 충분히 검증된 글감을 선택했어요. 또한 어린이 연령에 맞게 새롭게 각색해서 재미있게 술술 읽을 수 있어요.

6 어떤 글감을 골랐나요?

2015개정 교육과정은 창의융합형 인재가 갖춰야 할 여섯 가지 핵심역량을 제시했어요. **자기관리 역량, 지식정보처리 역량, 창의적 사고 역량, 심미적 감성 역량, 의사소통 역량, 공동체 역량**이에요.

진짜진짜 독서논술은 이 핵심역량을 기르는 데 적합한 글감을 선별했어요. 창의융합형 인재로 성장하는 데 필요한 스스로 활동에 참여하고 주제를 탐구할 수 있는 글감을 골랐어요.

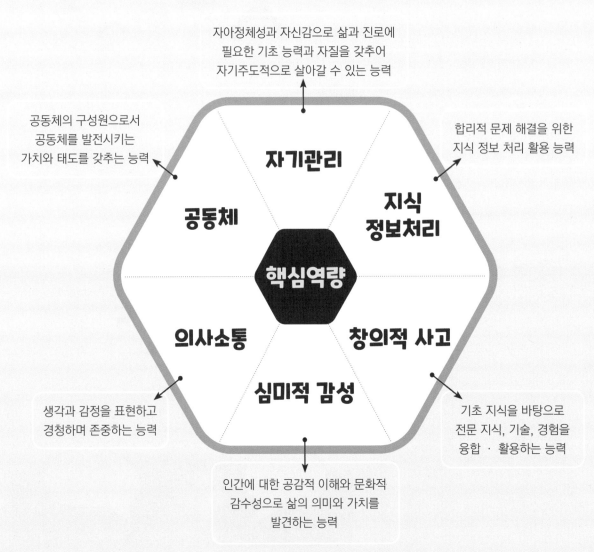

자아정체성과 자신감으로 삶과 진로에 필요한 기초 능력과 자질을 갖추어 자기주도적으로 살아갈 수 있는 능력

공동체의 구성원으로서 공동체를 발전시키는 가치와 태도를 갖추는 능력

합리적 문제 해결을 위한 지식 정보 처리 활용 능력

자기관리

공동체

지식 정보처리

핵심역량

의사소통

창의적 사고

심미적 감성

생각과 감정을 표현하고 경청하며 존중하는 능력

기초 지식을 바탕으로 전문 지식, 기술, 경험을 융합ㆍ활용하는 능력

인간에 대한 공감적 이해와 문화적 감수성으로 삶의 의미와 가치를 발견하는 능력

7 학습을 이끌어가는 캐릭터와 활동지를 소개합니다.

진짜진짜 독서논술은 창의융합형 학습을 주도적으로 해낼 수 있는 학습서예요. 학습이 어렵지 않도록 도움을 주는 캐릭터가 등장해요. 친근하고 재미있는 캐릭터를 따라가면서 즐겁게 학습할 수 있어요. 문제 해결에 도움을 주는 활동지도 있어요. 활동지를 적극적으로 활용하면서 학습에 도움을 받을 수 있어요.

가라사대왕

이야기나라를 다스리는 가라사대왕은 너무 바빠요. 그래서 이야기나라에서 벌어지는 사건을 해결해 줄 친구들을 기다려요. 우리 친구들이 가라사대왕 대신에 이야기나라의 문제를 해결해 보세요.

뿌토

학습을 도와줄 친구도 있어요. 눈도 크고 귀도 커서 보고 들은 것이 많은 똑똑한 뿌토예요. 뿌토가 문제와 활동마다 등장해서 도움을 줄 거예요.

낱말 카드

이야기에서 다룬 어휘를 선별해서 모아 놓은 낱말 카드예요. 낱말 카드의 어휘는 **서울대 국어 연구소**에서 제시한 **등급별 국어 교육용 어휘**에서 선별했어요. 난이도에 따라 별등급을 매겨 놓았어요.

우리 책의 구성을 소개합니다.

읽기 전 활동

준비하기

이야기를 이해하기 위해 배경지식을 확인하며
이야기에 대한 호기심을 높이는 활동

훑어보기

이야기에 나오는 그림을 먼저 보고 내용을
상상해 보면서 이해를 높이는 활동

읽기 활동

들어보기

주제를 생각하며 이야기를 직접 읽는 독해 활동

따져보기

사고력을 기르는 하브루타식 문제를 풀어보며
토론해 보는 활동

- **읽기 전 활동**: 내용을 짐작하고 관련 정보와 사전 지식을 검토해 보는 활동
- **읽기 활동**: 이야기를 읽고, 문제를 풀며 사고력을 높이는 활동
- **읽은 후 활동**: 이야기를 창의적, 논리적으로 해석하며 생각을 키우는 활동

읽은 후 활동

내용을 잘 이해하고 기억하는지 확인하는 활동

창의융합형 활동으로 창의력을 기르는 활동

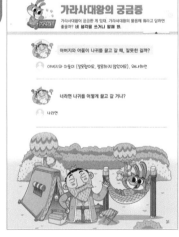

이야기의 주제를 창의적으로 해석해서 글로 표현하는 쓰기 활동

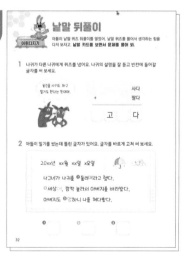

주요 어휘와 낱말을 문제로 풀면서 익히는 어휘 활동

예비 초등 1권과 2권의 커리큘럼을 소개합니다.

권	장	제목	핵심역량	키워드	글감	관련 교과
P1	1	냄새 값	창의적 사고	지혜, 재치	우리나라 옛이야기	• [국어 1학년 1학기] 생각을 나타내요 • [국어 2학년 1학기] 마음을 짐작해요 • [봄 2학년 1학기] 어떤 표정일까요
	2	죽은 돈? 산 돈?	공동체	경제순환	우리나라 옛이야기	• [국어 1학년 2학기] 무엇이 중요할까요 • [가을 1학년 2학기] '도와주세요' 소리를 들었어요 • [국어 2학년 1학기] 차례대로 말해요
	3	뱃멀미와 바다	심미적 감성	공감	사아디 작품 (페르시아)	• [국어 1학년 2학기] 소리와 모양을 흉내 내요 • [국어 2학년 1학기] 상상의 날개를 펴요 • [국어 2학년 1학기] 자신 있게 말해요
	4	올빼미와 독수리	의사소통	상호 작용	중국 옛이야기	• [국어 1학년 1학기] 글자를 만들어요 • [국어 1학년 2학기] 인물의 말과 행동을 상상해요 • [국어 2학년 1학기] 낱말을 바르고 정확하게 써요
P2	1	아버지와 아들과 나귀	지식정보 처리	판단력	이솝 작품	• [국어 1학년 2학기] 문장으로 표현해요 • [국어 1학년 2학기] 겪은 일을 글로 써요 • [국어 2학년 2학기] 인물의 마음을 짐작해요
	2	사자 왕자의 선생님	자기관리	정체성	크릴로프 작품 (러시아)	• [국어 1학년 1학기] 글자를 만들어요 • [국어 2학년 2학기] 일이 일어난 차례를 살펴요 • [과학 3학년 2학기] 동물의 생활
	3	집고양이가 없으면	공동체	역할	이광정의 〈망양록〉	• [국어 1학년 2학기] 인물의 말과 행동을 상상해요 • [국어 2학년 2학기] 장면을 떠올리며 • [국어 2학년 2학기] 주요 내용을 찾아요
	4	삼층집 짓기	지식정보 처리	고집, 아집	〈백유경〉	• [국어 1학년 1학기] 생각을 나타내요 • [여름 2학년 1학기] 이런 집 저런 집 • [국어 2학년 2학기] 인물의 마음을 짐작해요

차례

어서 와, 이야기나라에 온 것을 환영해!

나는 이야기나라의 가라사대왕이야.

만나서 정말 반가워!

내가 다스리는 이야기나라는 우리들의 상상 속에 있는 나라야.

이야기로 이루어진 별난 곳이지.

그래서 재밌는 일도 많지만 골치 아픈 문제들이 자꾸 일어나.

이야기나라의 문제들을 해결하는 데 네 도움이 필요해.

어렵지 않냐고? 아주 쉬워, 뿌토가 알려주는 대로 따라 하기만 하면 돼.

안녕?
내가 바로
'뿌토'야.

부엉이 같은 큰 눈에
토끼처럼 귀도 크지?
그래서 뭐든 잘 보고 잘 들어서
아는 것도 엄청 많아.
내가 이끄는 대로 자신 있게
네 생각을 말하면 돼.
그럼 이야기나라로 가 볼까?

1장

아버지와 아들과 나귀

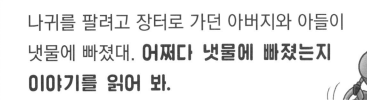

나귀를 팔려고 장터로 가던 아버지와 아들이
냇물에 빠졌대. **어쩌다 냇물에 빠졌는지
이야기를 읽어 봐.**

이상해?!

뿌토가 이상하다고 생각하는 게 있대. 다음 사진을 보고
이상한지 이상하지 않은지 색칠해 봐.

이상해!
자동차가 자동차를
타고 가.

이상해!

이상하지
않아!

이상해!
스케이트보드를 그냥
들고 가.

이상해!

이상하지
않아!

이상해!
강아지가 유모차를
타고 가.

이상해!

이상하지
않아!

아버지와 아들과 나귀 그림

이야기에 나오는 그림을 미리 보여 줄게.
어떤 이야기가 펼쳐질지 그림을 보면서 상상해 봐.

훑어보기

그림을 보면서 무슨 일이 벌어졌는지 짐작해 보자.

짐작한 내용을 상상해서 이야기해 보자.

짐작되지 않거나
궁금한 그림에는 동그라미!

아버지와 아들과 나귀

이야기를 읽으면서, 중요한 낱말은 낱말 카드로 익혀 보자.
번호가 쓰인 낱말의 뜻을 낱말 카드에서 찾아봐. 낱말 카드 1쪽

오늘은 장날이에요. 장날은 사람들이 여러 가지 물건을 ①**사고팔려고** 장터에 모여드는 날이에요. 아버지는 제가 어릴 때부터 기르던 나귀를 내다 팔기로 했어요. 나귀를 팔아서 제가 신을 신발과 어머니가 입을 옷을 사려고요.

그래서 아침 일찍 장터를 향해 길을 나섰어요. 아버지가 나귀를 끌고 저는 그 뒤를 따랐지요. 그런데 우리를 본 이웃 사람이 혀를 쯧쯧 차며 뭐라고 하는 거예요.

"에그, 왜 나귀를 끌고 가는 거야. 곧 팔아 버릴 거니까 타고 가야지.
그런다고 나귀가 고맙게 생각할 줄 아나 봐."

아버지는 그 말을 듣더니 저를 나귀에 태웠어요.

그렇게 얼마쯤 가니 큰 나무가 보였어요. 그 앞을 지나가는데 이번에는
나무 그늘 아래에서 쉬고 있던 할아버지가 뭐라고 하는 거예요.

"저런, 늙은 아버지는 걷고 어린 아들은 나귀를 타고 가다니! 예끼, 이런
고약한 경우가 다 있나!"

아버지와 저는 얼굴이 빨개졌어요.

"애야, 안 되겠다. 얼른 바꾸자!"

저는 나귀에서 내리고 아버지가 대신 나귀에 올라탔어요. 그러고는 제가 나귀를 끌고 갔지요.

그런데 우물가를 지날 때였어요. 물을 긷던 아주머니가 우리를 보더니 또 뭐라고 하는 거예요.

"²세상에, 참 못된 아버지야. 어린 아들은 힘들게 걷는데 자기는 편하게 나귀를 타고 가네."

아버지와 저는 얼굴이 더 빨개져서 서로를 ³멍하니 쳐다보았어요.

이야기를 바탕으로 다음 문제를 풀어 보자.
물음에 답을 찾아봐.

 1 아버지와 아들은 장터에 왜 가나요? 알맞은 설명을 찾아 동그라미 쳐 보세요.

나귀를 사려고 장터에 가요.

나귀를 팔려고 장터에 가요.

 2 나귀를 타고 가야 한다는 이웃 사람의 말이 맞다고 생각하나요? ○나 ✕에 색칠해 보세요.

곧 팔아 버릴 거니까 타고 가야지!

맞다

틀리다

 3 아버지와 아들의 얼굴이 빨개진 이유는 무엇일까요? 알맞은 이유를 찾아 선을 그어 보세요.

더워서　　　부끄러워서　　　힘들어서

●　　　　　　●　　　　　　●

●

얼굴이 빨개졌어요.

우리는 누가 나귀를 타야 할지 몰라서 둘이 함께 나귀를 타고 가기로

했어요. 비틀비틀, 나귀는 힘겨운지 겨우겨우 걸었지요.

아무튼 아버지와 제가 나귀를 타고 들길을 지나는데, 이번에는 마주

오던 나그네가 뭐라고 하는 거예요.

"여봐요, 정말 ⁴너무하네. 그렇게 삐쩍 마른 나귀를 두 사람이 함께

타고 가다니요? 차라리 두 사람이 ⁵둘러메고 가는 게 낫겠네!"

나그네는 손가락질까지 하면서 뭐라고 하지 뭐예요.

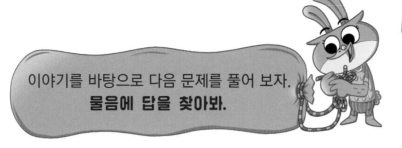

이야기를 바탕으로 다음 문제를 풀어 보자.
물음에 답을 찾아봐.

1 아버지와 아들은 왜 나귀를 함께 타고 갔나요? 알맞은 이유를 골라 동그라미 쳐 보세요.

둘 다 나귀를 타고 싶었어!

누가 나귀를 타야 할지 몰랐어.

2 아버지와 아들 중에서 누가 나귀를 타야 한다고 생각하나요? 한 사람을 골라서 나귀 스티커를 붙여 보세요.

스티커

아버지

스티커

아들

3 나귀를 둘러메고 가는 것은 좋은 방법일까요? 자신의 생각에 동그라미 치고 이유를 말해 보세요.

좋은 방법이다.

좋은 방법이 아니다.

그래서 우리는 나그네 말대로 나귀를 어깨에 둘러멨어요. 땀을 뻘뻘 흘리며 시냇물의 징검다리를 조심조심 건너려는데, 밭에서 일하던 농부들이 깔깔 웃는 거예요.

"저것 좀 봐. 나귀를 둘러메고 가는 바보도 다 있네!"

웃음소리에 놀란 나귀는 몸을 마구 ⑥뒤척였어요. 그 바람에 우리는 그만 냇물에 풍덩 빠지고 말았지요.

저는 창피하기도 하고 화도 났어요. 도대체 나귀를 장터에 어떻게 데리고 가야 맞는 걸까요?

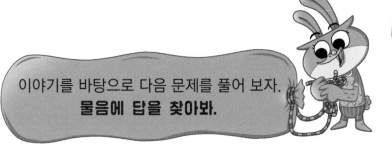

이야기를 바탕으로 다음 문제를 풀어 보자.
물음에 답을 찾아봐.

 1 농부들은 나귀를 둘러메고 가는 아버지와 아들을 보고 뭐라고 했나요? 낱말을 따라 써 보세요.

 나귀를 둘러메고 가는 바 보

 2 나귀는 아버지와 아들이 둘러멨을 때 기분이 어땠을까요? 나귀의 기분을 짐작해서 동그라미 쳐 보세요.

재미있다   당황스럽다   신난다

 3 농부들이라면 나귀를 어떻게 데리고 가라고 말했을까요? 농부들의 말을 짐작해서 이야기해 보세요.

나귀를 둘러메지 말고…

내 말대로 해 보세요.

장터에 가는 길

아버지와 아들은 나귀를 끌고 가는 방법을 여러 번 바꿨어.
어떻게 끌고 갔는지 알맞은 그림을 찾아 선을 그어 봐.

곧 팔아 버릴 거니까 타고 가야지!

저런, 어린 아들이 나귀를 타고 가다니!

세상에, 어린 아들을 힘들게 걷게 하다니!

차라리 둘러메고 가는 게 낫겠네!

이래라저래라

짚어보기1

나귀는 사람들의 말이 옳다고 생각했을까?
나귀의 생각을 짐작해서 ○나 ✕에 동그라미 쳐 봐.

왜 나귀를 끌고 가? 타고 가야지!

늙은 아버지를 걷게 하다니, 고약하군!

혼자만 편하게 나귀를 탔네, 못된 아버지군!

두 사람이 함께 타다니, 너무하네!

너는 어떻게 생각해?

네 생각도 말해 봐.

나귀 마음

짚어보기2

장터로 갈 때 나귀의 마음은 어땠을까? 다음 상황에서 나귀의 마음을 짐작해 보고, **나귀 표정에 동그라미 쳐 봐.**

아버지가 끌고 갈 때

아버지가 탔을 때

아버지와 아들이 탔을 때

둘러멨을 때

나귀 마음대로

냇물에서 나온 아버지와 아들은 나귀를 따라가기로 했대. 나귀는 어디로 갈까? **나귀가 가는 길에 무엇이 있을지 상상해서 그려 봐.**

팔랑귀

나귀가 다른 나귀에게 아버지와 아들을 흉보고 있어.
나귀가 하는 말을 듣고 **아버지와 아들의 귀를 그려 봐.**

아버지와 아들은 팔랑귀야. 귀가 팔랑팔랑하듯 남의 말에 이리저리 휘둘리거든.

자기 생각이 없구나. 그런데 귀가 팔랑팔랑 거리면 어떤 모습이야?

가라사대왕의 궁금증

가라사대왕이 궁금한 게 있대. 가라사대왕의 물음에 뭐라고 답하면 좋을까? **네 생각을 쓰거나 말해 봐.**

 **아버지와 아들이 나귀를 끌고 갈 때, 잘못한 걸까?**

아버지와 아들이 (잘못했어요, 잘못하지 않았어요). 왜냐하면

 **너라면 나귀를 어떻게 끌고 갈 거니?**

나라면

낱말 뒤풀이

아들이 낱말 퀴즈 뒤풀이를 열었어. 낱말 퀴즈를 풀어서 생각하는 힘을 다져 보자고. **낱말 카드를 보면서 문제를 풀어 봐.**

1 나귀가 다른 나귀에게 퀴즈를 냈어요. 나귀의 설명을 잘 듣고 빈칸에 들어갈 글자를 써 보세요.

물건을 사기도 하고 팔기도 한다는 뜻이야.

사다
+ 팔다
───────
☐ 고 ☐ 다

2 아들이 일기를 썼는데 틀린 글자가 있어요. 글자를 바르게 고쳐 써 보세요.

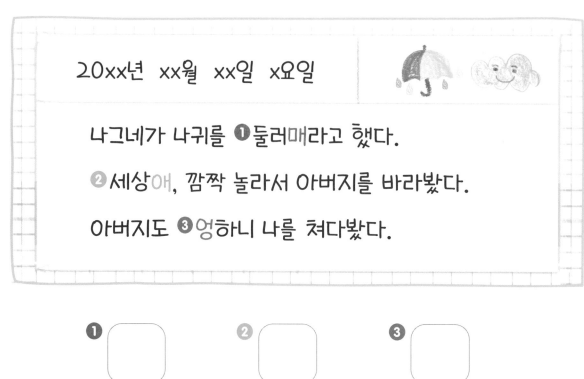

20xx년 xx월 xx일 x요일

나그네가 나귀를 ❶둘러매라고 했다.

❷세상애, 깜짝 놀라서 아버지를 바라봤다.

아버지도 ❸엉하니 나를 쳐다봤다.

❶ ☐ ❷ ☐ ❸ ☐

3 나귀가 아버지와 아들에게 하고 싶은 말이 있대요. 나귀가 하고 싶은 말이 무엇인지 빨간색 글자를 따와서 낱말을 써 보세요.

"힘이 들어서 자꾸 ☐☐ 였어요."

"아버지와 아들이 ☐☐ 해요."

2장
사자 왕자의 선생님

사자 왕이 독수리를 사자 왕자의 선생님으로 삼은 걸 후회한대. **사자 왕이 왜 후회하는지 이야기를 읽어 봐.**

멍멍 야옹

만약 고양이가 강아지를 키우고, 개가 새끼 고양이를 키우면
강아지와 새끼 고양이는 어떻게 울까? **소리를 흉내 내고 써 봐.**

자, 따라해 보렴,
야옹~

야옹야옹

자, 따라해 보렴,
멍멍~

멍멍 멍멍

사자 왕자의 선생님 그림

이야기에 나오는 그림을 미리 보여 줄게.
어떤 이야기가 펼쳐질지 그림을 보면서 상상해 봐.

 그림을 보면서 무슨 일이 벌어졌는지 짐작해 보자.

 짐작한 내용을 상상해서 이야기해 보자.

짐작되지 않거나
궁금한 그림에는 동그라미!

사자 왕자의 선생님

이야기를 읽으면서, 중요한 낱말은 낱말 카드로 익혀 보자.
번호가 쓰인 낱말의 뜻을 낱말 카드에서 찾아봐. 낱말 카드 3쪽

나는 동물의 왕, 사자예요. 나에게는 이제 한 살이 된 아기 사자가 있어요. 사자가 한 살이면 다 큰 셈이죠. [1] 길짐승의 왕이 되기 위해 공부를 시작할 때이기도 하고요. 그래서 누가 왕자의 선생님이 되면 좋을지 곰곰이 생각해 보았어요. 길짐승 나라를 다스리는 왕이 되려면 훌륭한 선생님 밑에서 배워야 하니까요.

처음에 생각한 선생님은 똑똑한 여우였어요. 하지만 다시 생각해 보니 왕자의 선생님이 되기에는 부족한 것 같았어요.

'여우는 똑똑하지만 2 **속임수**를 잘 써. 속임수는 동물의 왕, 사자에게는 어울리지 않지.'

그다음은 두더지가 생각났어요.

'두더지는 정리를 잘하고 질서 있게 생활해. 게다가 조심성도 많아서 위험도 잘 피하지.'

하지만 곧 마음이 바뀌었어요. 두더지는 작은 땅굴에 사니까 큰 나라를 다스리는 방법은 모를 것 같았거든요.

세 번째로 생각한 왕자의 선생님은 표범이었어요.

'표범은 용감하고 힘도 센 데다 무척 빠르지.'

하지만 더 생각해 보니 표범도 왕자의 선생님으로 부족한 것 같았어요. 표범은 혼자 살기를 좋아해서 함께 사는 방법이나 나라를 다스리는 법에는 관심이 없었거든요.

마지막으로 모든 동물들이 ³존경하는 코끼리가 생각났어요. 하지만 곧 코끼리의 부족한 부분이 떠올랐어요.

'코끼리가 느리게 걷는 걸 보면 무척 게으를 거야.'

40

이야기를 바탕으로 다음 문제를 풀어 보자.
물음에 답을 찾아봐.

사실 **1** 이야기에 나오는 사자 왕과 어울리는 낱말을 2개 찾아서 동그라미 쳐 보세요.

동물의 왕 　　　　선생님 　　　　길짐승

사실 **2** 사자 왕이 선생님으로 생각한 동물들의 좋은 점과 나쁜 점을 찾아 선을 그어 보세요.

좋은 점　　　나쁜 점

여우

용감해.

함께 사는 데 관심이 없어.

두더지

모든 동물들이 존경해.

게을러.

표범

똑똑해.

속임수를 잘 써.

코끼리

조심성이 많아.

큰 나라를 다스리는 방법을 몰라.

아무리 생각해도 왕자의 선생님이 될 만한 동물이 없더군요. 그런데 그때 독수리가 나섰어요.

"나는 어때? 나도 너처럼 왕이잖아. ⁴ **날짐승** 나라를 다스리는 왕."

나는 너무도 기뻤어요. 아주 딱 맞는 선생님을 찾은 것 같아서요. 그래서 왕자를 독수리 왕에게 보냈어요.

2년이 훌쩍 지나 마침내 왕자가 공부를 마치고 돌아왔어요.

나는 모든 길짐승을 불러 모아 잔치를 열고 왕자가

곧 새로운 왕이 될 거라고 말했어요.

42

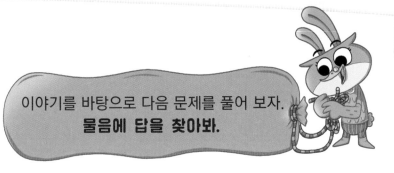

이야기를 바탕으로 다음 문제를 풀어 보자.
물음에 답을 찾아봐.

 추론 **1** 사자 왕이 사자 왕자의 선생님으로 독수리를 고른 이유는 무엇일까요? 알맞은 이유를 골라 ☆표 해 보세요.

독수리는 날짐승 나라의 왕이니까.

독수리는 힘이 세고 꾀가 많으니까.

 비판 **2** 독수리를 사자 왕자의 선생님으로 고른 것은 잘한 걸까요? ○나 ×에 색칠해 보세요.

잘했다 ○

잘못했다 ✕

 창의 **3** 학교에 가면 어떤 선생님을 만나고 싶나요? 좋아하는 선생님을 말해 보세요.

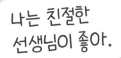

나는 친절한 선생님이 좋아.

나는 재미있는 선생님이 좋아.

2장 사자 왕자의 선생님 **43**

왕자는 길짐승 앞에 나서며 말했어요.

"나는 세상 모든 날짐승이 어디에 살고 무엇을 먹는지, 또 어떤 알을 낳는지 배웠어요. 내가 왕이 되면 제일 먼저 새집을 어떻게 짓는지 가르쳐 주고 싶어요."

세상에, 기막혀! 이게 무슨 말도 안 되는 소리인가요? 길짐승에게 아무짝에도 쓸모없는 새집 짓는 방법을 알려 주다니요.

아무래도 내가 선생님을 잘못 고른 것 같아 ⁵후회돼요. 도대체 누구를 왕자의 선생님으로 ⁶삼아야 했을까요?

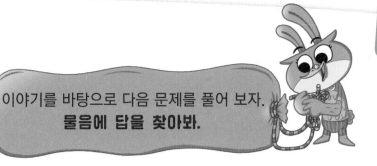

이야기를 바탕으로 다음 문제를 풀어 보자.
물음에 답을 찾아봐.

 창의

1 사자 왕자에게 무엇을 가르쳐 주면 좋을까요? 사자 왕자의 선생님이라고 상상하며 이야기해 보세요.

으르렁~ 크게 우는 방법을 알려 줄 거야.

킁킁~ 냄새를 잘 맡는 방법을 알려 줄 거야.

 추론

2 사자 왕은 왜 독수리를 선생님으로 고른 걸 후회할까요? 알맞은 낱말 스티커를 붙여서 이유를 완성해 보세요.

스티커　　　의 왕이 될 사자 왕자가

스티커　　　이 사는 방법을 배웠기 때문이야.

 논리

3 사자 왕자가 길짐승의 왕이 되어도 좋을까요? 찬성이나 반대에 동그라미 쳐 보세요.

찬성
O
사자 왕자가 왕이 되어도 좋아.

반대
X
사자 왕자가 왕이 되면 좋지 않아.

사자 왕자 이야기

사자 왕과 사자 왕자에게 무슨 일이 있었지?
이야기 순서대로 번호를 써 봐.

선생님들

설명에 어울리는 동물 스티커를 붙이고, **이들이 사자 왕자의 선생님으로 얼마나 알맞은지 점수에 동그라미 쳐 봐.**

똑똑하지만
속임수를 잘 써.

스티커

1 2 3 4 5

조심성이 많지만
큰 나라를 다스리는
방법은 몰라.

스티커

1 2 3 4 5

용감하지만 함께 사는
데에 관심이 없어.

스티커

1 2 3 4 5

길짐승이 존경하지만
게을러 보여.

스티커

1 2 3 4 5

소개하기

짚어보기2

사자 왕자의 선생님으로 알맞은 동물은 누구일까?

소개하고 싶은 동물을 그린 후, 이유를 말해 봐.

소 개 장

사자 왕자의 선생님으로 이 동물을 소개합니다.

이 동물이 선생님으로 알맞은 이유는

48

왕의 능력

짚어보기3

사자 왕이 사자 왕자 대신에 왕이 될 만한 동물을 찾았대.
동물의 왕은 어떤 능력을 갖춰야 할까? 쓰거나 말해 봐.

동물의 왕은 누가…?

왕은
용감해야지!

표범

왕은
똑똑해야지!

여우

왕은 조심성이
있어야지!

두더지

왕은 존경을
받아야지!

코끼리

동물의 왕은

동물의 왕은

독수리 왕자

독수리 왕이 사자 왕을 독수리 왕자의 선생님으로 삼았대.
사자 왕은 무엇을 가르칠까? **짐작해서 쓰거나 말해 봐.**

안녕, 친구!
우리 독수리 왕자를
가르쳐 줘!

안녕, 친구!
네가 우리 사자 왕자를
가르친 것처럼 말이지?

독수리 왕자에게

 _____ 을/를 가르쳐야겠다.

가라사대왕의 궁금증

가라사대왕이 궁금한 게 있대. 가라사대왕의 물음에 뭐라고 답하면 좋을까? **네 생각을 쓰거나 말해 봐.**

사자 왕은 왕자의 선생님을 잘못 고른 걸까?

선생님을 (잘못 골랐어요, 잘못 고르지 않았어요). 왜냐하면

네가 사자 왕이라면 왕자의 선생님으로 누구를 고를 거니?

나라면

낱말 뒤풀이

사자 왕이 낱말 퀴즈 뒤풀이를 열었어. 낱말 퀴즈를 풀어서 생각하는 힘을 다져 보자고. **낱말 카드를 보면서 문제를 풀어 봐.**

1 다음 낱말 퀴즈의 답으로 알맞은 것을 찾아 동그라미 쳐 보세요.

날아다니는 **짐승**은 무슨 짐승?

- 난짐승
- 날짐승
- 나짐승

기어다니는 **짐승**은 무슨 짐승?

- 길짐승
- 긴짐승
- 기짐승

2 다음에서 설명하는 낱말은 무엇일까요? 자음자와 모음자 스티커를 바르게 붙여서 맞혀 보세요.

남을 속이는 꾀를 뜻하는 낱말이 뭐였지?

ㅅ 임 수

3 사자 왕자가 사자 왕에게 편지를 보냈는데, 엉뚱한 낱말이 있어요. 엉뚱한 낱말을 바르게 고쳐 써 보세요.

 아빠 사자 왕에게

아빠, 안녕하세요?

저는 공부 잘하고 있어요.

독수리 왕이 저를 제자로 ❶삶아 주었어요.

처음에는 날짐승 나라로 온 걸 많이 ❷후해했는데요.

지금은 참 재미있어요. 돌아가면 길짐승들이 ❸존겸하는

왕이 될 거예요.

안녕히 계세요.

○○○○년 ○○월 ○○일

 사자 왕자 올림

❶ ☐ ☐   ❷ ☐ ☐

❸ ☐ ☐ ☐ ☐

3장
집고양이가
없으면

집고양이가 사라지면 편할 줄 알았는데, 쥐들에게 더 큰일이 벌어졌대. **쥐들에게 무슨 일이 일어났는지 이야기를 읽어 봐.**

무서운 이야기

어린 쥐들이 이야기를 듣고 있어. 무슨 이야기인지 짐작해서
말해 보고, **색칠해서 그림을 완성해 봐.**

집고양이가 없으면 그림

이야기에 나오는 그림을 미리 보여 줄게.
어떤 이야기가 펼쳐질지 그림을 보면서 상상해 봐.

그림을 보면서 무슨 일이 벌어졌는지 짐작해 보자.

짐작한 내용을 상상해서 이야기해 보자.

짐작되지 않거나
궁금한 그림에는 동그라미!

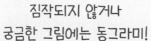

집고양이가 없으면

이야기를 읽으면서, 중요한 낱말은 낱말 카드로 익혀 보자.
번호가 쓰인 낱말의 뜻을 낱말 카드에서 찾아봐. 낱말 카드 5쪽

집고양이가 ¹사라지면 우리는 행복하게 잘 살 줄 알았어요. 그런데 집고양이가 없어지자 우리도 ²망하게 되었지 뭐예요. 할아범 쥐가 말한 것처럼요. 할아범 쥐는 우리 중에서 나이가 가장 많은 어른 쥐예요. 우리는 주인집에 숨어 살아요. 우리는 집주인이 키우는 집고양이를 '고냥이'라고 불러요.

고냥이는 아주 날쌔고 무서워요. 우리는 바스락 소리만 들려도 찍 하고 소리를 지르며 숨기 바빴어요.

　고양이 때문에 마음 놓고 놀지도 못하고 음식도 제대로 훔쳐 먹지 못해서 우리는 언제나 배고팠어요. 그래서 모두 모여 회의를 했지요. 고양이를 쫓아낼 방법을 의논하려고요. 하지만 좋은 꾀가 없어서 모두 끙끙 앓기만 했어요.

　그때 어떤 쥐가 나서며 말했어요.

　"고양이 목에 방울을 달면 어떨까? 고양이가 움직이면 방울 소리가 날 테니까 얼른 피하면 되잖아."

　모두들 좋은 방법이라며 손뼉을 쳤지요.

하지만 할아범 쥐가 쯧쯧 혀를 차며 말했어요.

"이 녀석들아, 고냥이 목에 방울을 매달 수 있는 쥐가 어디 있겠니?"

듣고 보니 맞는 말이었어요. 고냥이에게 가까이 갈 수도 없는데 어떻게 방울을 달겠어요.

할아범 쥐는 타이르듯 말했어요.

"우리가 주인집에서 음식도 훔쳐 먹고 놀기도 하는 것은 다 고냥이 ³ 덕 이란다. 만약 고냥이를 쫓아낸다면 우린 곧 망하고 말 거야."

할아범 쥐 말을 이해할 수 없었어요. 왜 고냥이가 사라지면 우리도 망한 다는 걸까요?

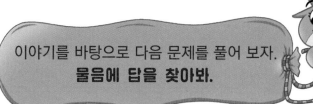

이야기를 바탕으로 다음 문제를 풀어 보자.
물음에 답을 찾아봐.

 1 고냥이 목에 방울을 다는 것은 고냥이를 피하는 좋은 방법일까요? ○나 ✕에 색칠해 보세요.

좋은 방법이야 ○ 　　　좋은 방법이 아니야 ✕

 2 뜻을 생각하며 다음 속담을 따라 써 보세요.

하기 어려운 일을 괜히 의논한다는 뜻이야.

고양이 목에 방울 달기

 3 다음 빈칸에 공통으로 들어갈 낱말을 써 보세요.

때문에 놀지도 못하고
음식도 먹지 못해요.

덕에 음식도 먹고
놀기도 하는 거야.

그런데 다음 날! 세상에, 옆집 똥개가 고냥이를 물어 죽였지 뭐예요!
우리는 신이 났어요. 하지만 할아범 쥐는 슬퍼하며 말했어요.

"저런, 고냥이보다 무서운 게 집주인이라는 걸 모르다니! 이제 고냥이
가 죽었으니 집주인이 직접 ⁴**나설** 텐데 큰일이야."

집주인은 우리를 정말 정말 미워해요. 고냥이를 길러서 우리를 잡게
한 것도 집주인이에요. 실은 우리가 주인집 담에 구멍도 내고, 책이랑
옷도 갉아 먹고, 쌀이랑 콩도 훔쳐 먹었걸랑요.

이야기를 바탕으로 다음 문제를 풀어 보자.
물음에 답을 찾아봐.

 1 고냥이가 죽자 쥐들은 어떤 기분이 들었나요? 알맞은 것끼리 선을 그어 보세요.

주인집에서 사는 쥐들 •   • 슬프다

할아범 쥐 •   • 신난다

 2 할아범 쥐는 누구를 가장 무서워할까요? 동그라미 쳐 보세요.

 집주인    고냥이   옆집 똥개

 3 집주인은 왜 쥐들을 미워할까요? 알맞은 이유를 그림에서 모두 찾아 동그라미 쳐 보세요.

할아범 쥐는 ⁵큰일이 날 거라면서 주인집을 떠나 넓은 들판으로 도망 갔어요. 우리한테도 더 위험해지기 전에 도망가라고 했어요. 하지만 우리는 고냥이가 없는 집에서 하고 싶은 대로 다 하면서 맘 편히 놀았어요.

그런데 정말 큰일이 났어요! 집주인이 쥐구멍을 파더니 불을 질러 연기를 피우지 뭐예요. 그리고는 ⁶끔찍하게도 옆집에서 날쌘 고양이와 똥개를 데려와 쥐구멍 앞을 지키게 했어요. 밖으로 나가면 꼼짝없이 잡아먹히게 된 거예요.

고냥이가 없어지면 편할 줄 알았는데, 우리는 이제 어떡하죠?

이야기를 바탕으로 다음 문제를 풀어 보자.
물음에 답을 찾아봐.

 추론 **1** 할아범 쥐가 말한 '큰일'은 어떤 일일까요? 알맞은 것을 찾아 동그라미 쳐 보세요.

| 힘든 일 | 중요한 일 | 위험한 일 |

 비판 **2** 할아범 쥐처럼 주인집을 떠나는 게 좋을까요? ○나 X에 색칠하고 이유를 말해 보세요.

 떠나는 게 좋다.

 떠나는 게 좋지 않다.

 창의 **3** 안에 갇힌 쥐들은 마음이 어땠을까요? 쥐들의 마음을 잘 나타낸 문장을 찾아 스티커를 붙여 보세요.

스티커

스티커

도망친 쥐

주인집에서 도망친 쥐들은 할아범 쥐에게 뭐라고 했을까?
다음 그림에 스티커를 붙여서 이들의 이야기를 짐작해 봐.

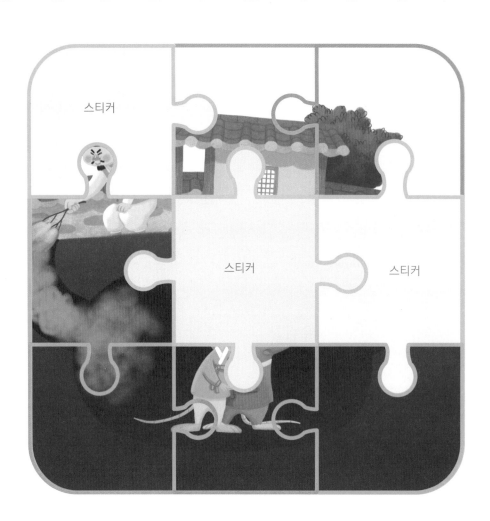

무슨 일이 있었던 거니?

집주인이요…

집주인과 고냥이

집주인과 고냥이는 쥐들을 어떻게 생각할까? **집주인과 고냥이의 표정을 짐작해서 동그라미 쳐 봐.**

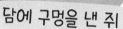

담에 구멍을 낸 쥐

옷을 갉아 먹은 쥐

책을 갉아 먹은 쥐

쌀을 훔쳐 먹은 쥐

똥개에게 부탁을

쥐들이 옆집 똥개에게 선물을 주면서 고냥이를 혼내 달라고 부탁했대. 어떤 선물을 주면 똥개가 좋아할까? **그림으로 그려 봐.**

68

누가 더

누가 쥐들을 가장 못살게 굴었을까?
쥐들을 못살게 군 순서대로 번호를 매겨 봐.

고냥이가 살아 있을 때

고냥이가 없어졌을 때

고냥이에게

주인집에서 살던 쥐들이 죽은 고냥이를 생각하며 편지를 썼어.
편지에 어떤 그림을 그리면 좋을지 상상하며 그려 봐.

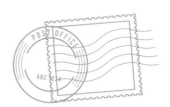

고냥이야, 안녕? 네가 사라지니까 더 무서워졌어. 네가 살아 있을
때가 그리워. 정말 이상하지?

가라사대왕의 궁금증

가라사대왕이 궁금한 게 있대. 가라사대왕의 물음에 뭐라고 답하면 좋을까? **네 생각을 쓰거나 말해 봐.**

고냥이가 사라졌는데 쥐들은 왜 편해지지 않았을까?

왜냐하면

네가 쥐라면 고냥이가 사라진 뒤 어떻게 할 거니?

내가 쥐라면

낱말 뒤풀이

쥐들이 낱말 퀴즈 뒤풀이를 열었어. 낱말 퀴즈를 풀어서 생각하는 힘을 다져 보자고. **낱말 카드를 보면서 문제를 풀어 봐.**

1 쥐들이 모여서 고냥이를 쫓아낼 방법을 의논하고 있어요. 다음 말풍선에 들어갈 낱말을 보기에서 찾아 써 보세요.

보기   사라지면   끔찍해요

2 다음 밑줄 친 낱말과 뜻이 같은 한 글자 낱말을 빈칸에 써 보세요.

고냥이 덕분에 음식도 먹고

고냥이 덕택에 놀기도 하고

고냥이 [ ] 에 주인집에서 살지!

3 일기를 쥐가 군데군데 갉아 먹어서 글자가 보이지 않아요. 알맞은 글자를 써서 일기를 완성해 보세요.

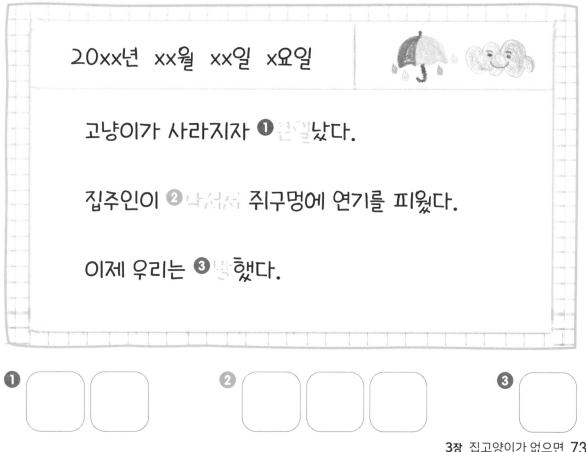

20xx년 xx월 xx일 x요일

고냥이가 사라지자 ❶ 큰일났다.

집주인이 ❷ 나서서 쥐구멍에 연기를 피웠다.

이제 우리는 ❸ 망했다.

❶ [ ] [ ]   ❷ [ ] [ ] [ ]   ❸ [ ]

4장
삼층집 짓기

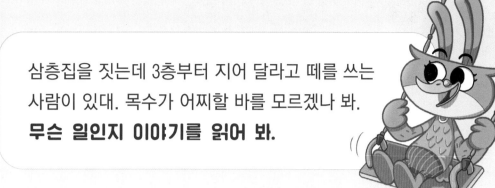

삼층집을 짓는데 3층부터 지어 달라고 떼를 쓰는
사람이 있대. 목수가 어찌할 바를 모르겠나 봐.
무슨 일인지 이야기를 읽어 봐.

쓸모없음

다음에서 가장 쓸모없는 물건을 산 사람은 누구일까?
쓸모없다고 생각하는 순서대로 번호를 써 봐.

문을 잠그려고
자물쇠를 샀어.
열쇠는 안 샀지.
문을 잠그는 게
자물쇠인데 열쇠가
왜 필요해?

옷을 꿰매려고
바늘을 샀어.
실은 안 샀지.
옷을 꿰매는 게
바늘인데
실이 왜 필요해?

수돗물을 받으려고
수도꼭지를 샀어.
이걸 벽에 착 붙이고
꼭지를 돌리면
물이 콸콸 나오잖아.

삼층집 짓기 그림

이야기에 나오는 그림을 미리 보여 줄게.
어떤 이야기가 펼쳐질지 그림을 보면서 상상해 봐.

 그림을 보면서 무슨 일이 벌어졌는지 짐작해 보자.

 짐작한 내용을 상상해서 이야기해 보자.

짐작되지 않거나
궁금한 그림에는 동그라미!

삼층집 짓기

이야기를 읽으면서, 중요한 낱말은 낱말 카드로 익혀 보자.
번호가 쓰인 낱말의 뜻을 낱말 카드에서 찾아봐. 낱말 카드 7쪽

저는 집을 짓는 목수예요. 어느 날, 아랫마을에 사는 안 부자가 저를 불렀어요. 안 부자는 돈은 많지만 멍청이라고 소문난 사람이었어요. 저는 무슨 일일까 궁금해 하며 아랫마을로 갔어요.

"나를 위해 삼층집을 지어 줄 수 있나? 진 부자네 집처럼 3층에 ¹**누각**이 있는 멋진 집을 짓고 싶네."

안 부자가 진 부자네 삼층집을 보고 부러웠나 봐요.

"당연히 지을 수 있다마다요. 진 부자네 집도 제가 지은걸요."

제 말에 안 부자는 무척 기뻐하며 말했어요.

"잘되었군. ²**당장** 나를 위해 삼층집을 지어 주게. 진 부자네 집처럼 멋진 풍경을 내다볼 수 있게 3층에 누각이 있는 아름다운 집 말일세."

안 부자는 마치 집이 다 지어진 것처럼 생각이 앞서는 것 같았어요.

"나도 진 부자처럼 사람들을 초대해서 잔치를 열 거야. 사람들이 누각에 오르면 입이 떡 벌어지겠지."

"집을 지으려면 시간이 오래 걸려요."

저는 안 부자가 너무 서두르는 것 같아서 말했어요.

"돈 걱정은 하지 않아도 되네. 돈은 얼마든지 있으니까."

안 부자는 제 말은 귀담아듣지도 않으며 말했어요.

"나도 돈으로는 진 부자에게 뒤지지 않는다네. 왜 진작 아름다운 집을 지어야겠다는 생각을 안 했나 몰라."

어쨌든 저는 안 부자에게 진 부자네 집보다 훨씬 더 멋진 집을 지어 주겠다고 약속했어요. 그러고는 집을 짓기 위해 먼저 집터를 다지기 시작했지요. 또 집을 짓는 데 필요한 나무와 벽돌 등도 마련하고요.

이야기를 바탕으로 다음 문제를 풀어 보자.
물음에 답을 찾아봐.

 추론 **1** 안 부자는 왜 삼층집을 지으려고 하는 걸까요? 알맞은 이유를 찾아 선을 그어 보세요.

진 부자가 부러워서 •

• 삼층집을 지으려고 해요.

돈이 많아서 •

 사실 **2** 안 부자는 어떤 사람인가요? 안 부자를 설명하는 낱말로 맞으면 ○표, 틀리면 ✕표 해 보세요.

목수	부자	멍청이

 논리 **3** 안 부자가 사람들을 초대하려는 이유는 무엇일까요? 알맞은 이유를 찾아 동그라미 쳐 보세요.

집을 자랑하고 싶어서 초대하려는 거야.

멋진 풍경을 보여 주고 싶어서 초대하려는 거야.

그런데 막 벽돌을 쌓기 시작했을 때, 안 부자가 갑자기 엉뚱한 소리
를 하는 거예요.

"3층부터 지어 주게. 1층, 2층보다는 3층이 더 필요하니까."

저는 기가 막혔지만 꾹 참고 말했어요.

"1층부터 ³순서대로 지어야 해요. 1층을 짓지 않고 어떻게 2층을 지어
요? 2층을 짓지 않고 어떻게 3층을 지어요?"

그런데 안 부자는 말도 안 되는 ⁴고집을 계속 피웠어요.

"1층과 2층은 없어도 된다고! 3층의 누각이 필요하단 말일세."

이야기를 바탕으로 다음 문제를 풀어 보자.
물음에 답을 찾아봐.

 1 여러분은 어떤 집을 가지고 싶나요? 자신이 원하는 집을 이야기해 보세요.

큰 마당이 있는 집을 가지고 싶어.

이층집을 가지고 싶어.

 2 안 부자가 3층부터 지어 달라고 했을 때 목수의 기분은 어땠을까요? 알맞은 것을 찾아 선을 그어 보세요.

기가 막혀!

● 어리둥절하고 답답해.

● 귀가 막히는 것 같아.

 3 3층부터 지어 달라는 안 부자의 요구는 고집일까요? ○나 ✕에 색칠해 보세요.

고집이야

고집이 아니야

"휴, 하지만 3층부터 지을 수는 없어요."

제가 한숨을 지으며 말하자 안 부자는 버럭 화를 냈어요.

"내 말대로 해 주지 않으면 일한 값은 한 푼도 줄 수 없어, 흥!"

함께 일하는 일꾼들이 안 부자를 보며 비웃었지만 5소용이 없었어요.

구경하던 마을 사람들도 고개를 절레절레 흔들었지요.

저는 집 짓기를 그만둘 수밖에 없었어요.

이렇게 6억지를 부리는 안 부자를 어떡하면 좋죠? 대체 1층과 2층이 없는 삼층집은 어떻게 짓는 걸까요?

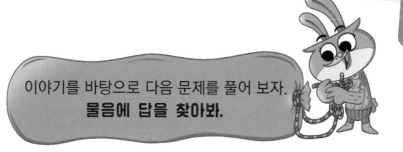

이야기를 바탕으로 다음 문제를 풀어 보자.
물음에 답을 찾아봐.

 1 마을 사람들은 안 부자를 보며 무슨 생각을 했을까요? 알맞은 것을 찾아 말풍선에 색칠해 보세요.

 2 1층과 2층이 없는 삼층집은 지을 수 있을까요? ○나 ✕에 색칠하고 이유를 말해 보세요.

 3 여러분은 억지를 부린 적이 있나요? 경험을 이야기해 보세요.

안 부자 이야기

안 부자와 목수에게 있었던 일을 그림으로 살펴보고, 말풍선에 들어갈 **알맞은 내용을 스티커에서 찾아 붙여 봐.**

간추리기

안 부자의 삼층집

안 부자가 갖고 싶었던 삼층집은 어떤 모습이었을까?
색칠해서 꾸며 봐.

일한 값

목수는 일한 값을 받으려고 원님을 찾아갔대. 원님과 목수와 안 부자는 저마다 일한 값을 얼마로 생각할까? **금덩이 스티커를 붙여 봐.**

흥, 집도 안 지었는데…
안 부자

스티커   스티커   스티커

일을 안 한 것도 아니고 한 것도 아니고…
원님

스티커   스티커   스티커

집터는 다졌는데…
목수

스티커   스티커   스티커

짚어보기3

3층부터 짓기

목수가 정말 3층부터 집을 지었대. 1층 대신에 3층의 누각을 스티커로 붙이고, 이게 3층부터 지은 집이 맞는지 말해 봐.

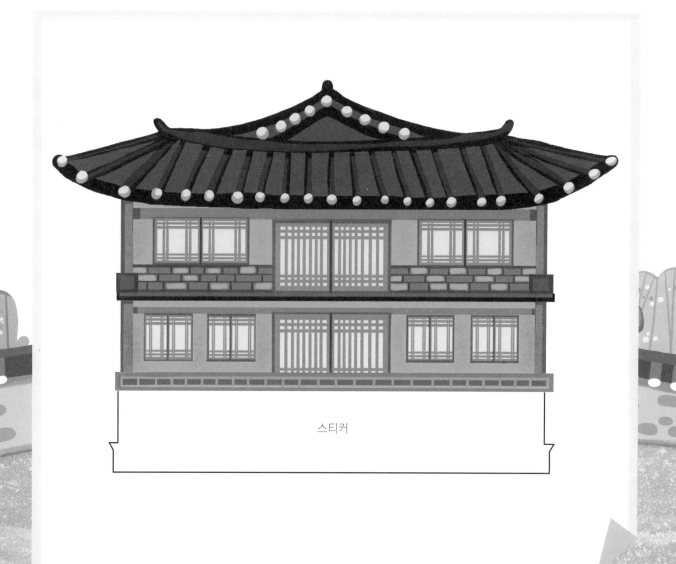

스티커

이렇게 3층을 먼저 지었으니 됐죠?

이게 아닌 거 같은데… 이게 맞나?

어리석은 농부

농부가 벼를 빠르게 자라게 하려다가 농사를 망쳐 버렸대.
농부에게 무슨 말을 해 주면 좋을지 이야기해 봐.

한 농부가 벼를 심었어요.

그런데 벼가 느리게 자라는 것 같아 속상했어요.

'옆집 벼가 우리 벼보다 더 자랐잖아.'

농부는 고민하다가 벼를 쑥 잡아 뺐어요.

'이렇게 하니까 우리 벼가 더 크군.'

하지만 다음 날 논에 가 보니 벼가 하얗게 말라서 죽어 버렸어요.

"아이고, 내 벼, 내 벼 돌려줘!"

가라사대왕의 궁금증

가라사대왕이 궁금한 게 있대. 가라사대왕의 물음에 뭐라고 답하면 좋을까? **네 생각을 쓰거나 말해 봐.**

안 부자는 어떤 사람인 것 같니?

안 부자는

네가 목수라면 3층 먼저 지으라는 안 부자에게
뭐라고 말할 거니?

내가 목수라면 안 부자에게

낱말 뒤풀이

목수가 낱말 퀴즈 뒤풀이를 열었어. 낱말 퀴즈를 풀어서 생각하는 힘을 다져 보자고. **낱말 카드를 보면서 문제를 풀어 봐.**

1 마을 사람들이 안 부자를 놀리는 말에서 빈칸에 들어갈 글자를 찾아 글자 스티커를 붙여 보세요.

가**장** 바보 같은 안 부자가

  집을 지으래~!

삼층**집**을 3층만 지으라고

 을/를 피우네!

2 목수가 그냥 돌아가 버리자 안 부자가 벽에 낙서를 했는데, 틀린 글자가 있어요. 틀린 글자를 바르게 고쳐 써 보세요.

목수, 바보!

❶엄지 부리지 말라니!

내가 원한 건 멋진 ❷누악이야.

꼭 ❸순자대로 지으란 법은 없지.

그냥 가도 ❹조용 없어.

한 푼도 주지 않을 거야.

안 부자 아님

❶ [ ] 지

❷ 누 [ ]

❸ 순 [ ]

❹ [ ] 용

어서 와, 토마토 좀 먹고 쉬어 가.

이야기나라 여행해 보니까 어때?

재밌었어~

다들 어려울 줄 알았는데, 신나고 재미있었다고 해.

그게 다 나 뿌토 덕분이지, 헤헤!

사실 뿌토의 원래 이름은 '부토'였어! 부엉이에서 '부', 토끼에서 '토'를 한 글자씩 따왔지.

난 토끼처럼 귀가 크고 부엉이처럼 눈도 크거든.

오~

그래서 뿌토는 듣고 본 게 많단다.

94

그런데 왜 '부토'가 아니고 '뿌토'로 부르냐고?

허허, 짓궂은 녀석들이 놀리느라 뿌토라고 불렀지 뭐냐.

크크크

결국 뿌토가 되었지. 그런데 뿌토라는 이름이 싫지는 않아.

나는 생각이 잘 안 나서 마음이 뿌글뿌글할 때는 제일 좋아하는 토마토를 먹걸랑. 그럼 좋은 생각이 마구 떠올라.

토마토

토마토

뿌글뿌글, 토마토! 이렇게 해도 뿌토가 되는구나.

너희들과 더 좋은 친구가 된다면 그만이지 뭐. 잘해 보자고!

MEMO

진짜 진짜

독서논술

P2권

가이드북

가이드북 활용법

　진짜진짜 독서논술의 모든 활동은 논리적인 사고력을 바탕으로 창의적 문제해결력을 기르는 데 목적이 있습니다. 그렇기에 답이 하나로 정해진 경우보다 다양하게 해석 가능한 경우가 많습니다. 중요한 것은 자신의 생각에 논리적 설득력을 갖추는 것입니다. 모두 답이 될 수 있다는 열린 마음으로 활동을 바라봐 주시고, 아이들의 생각을 들어주세요.

　정확하게 답으로 나와야 하는 질문에는 답으로 표시했고, 다양한 반응이 나올 수 있는 질문에는 예로 표시했습니다. 답이 다양하게 나올 수 있는 질문들은 예로 제시한 내용을 바탕으로 아이들의 생각이 체계적으로 흘러가는지 주의 깊게 바라봐 주시면 됩니다.

　답이나 예외에 ➕ 표시로 들어간 내용들은 더 생각해 봐야 할 이유나 근거를 아이들이 어떻게 제시할 수 있는지 예상한 것입니다. 이 내용을 바탕으로 더 깊이 있는 생각을 이끌어 낼 수 있도록 지도해 보세요.

　문제와 활동 옆에는 해설 을 달아서 출제 의도와 문제 유형을 해석해 놓았고, 더불어 지도 방법을 적어 놓았습니다. 가정에서 아이들을 지도하는 데 참고해 주세요.

　진짜진짜 독서논술로 '토닥토닥 마음껏 토론'하며 성장해 나갈 아이들의 모습을 기대해 봅니다.

1장 아버지와 아들과 나귀

준비하기   16p

예

이상해!
자동차가 자동차를
타고 가.

이상해!

이상하지
않아!

+ 자동차를 옮기는 거니까 이상하지 않아요.

이상해!
스케이트보드를 그냥
들고 가.

이상해!

이상하지
않아!

+ 길에서는 스케이트보드를 들고 가야 해요.

이상해!
강아지가 유모차를
타고 가.

이상해!

이상하지
않아!

+ 유모차는 아기가 타는 거예요.

따져보기1   21p

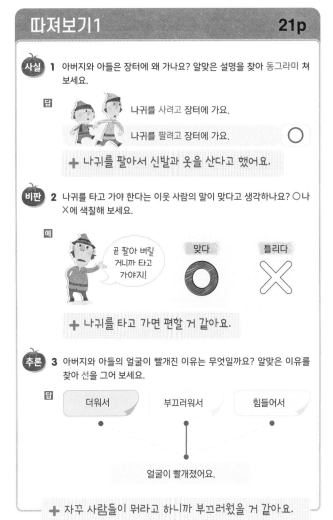

사실 1 아버지와 아들은 장터에 왜 가나요? 알맞은 설명을 찾아 동그라미 쳐
보세요.

답

나귀를 사려고 장터에 가요.

나귀를 팔려고 장터에 가요. ○

+ 나귀를 팔아서 신발과 옷을 산다고 했어요.

비판 2 나귀를 타고 가야 한다는 이웃 사람의 말이 맞다고 생각하나요? ○나
X에 색칠해 보세요.

예

곧 팔아 버릴
거니까 타고
가야지!

맞다

○

틀리다

X

+ 나귀를 타고 가면 편할 거 같아요.

추론 3 아버지와 아들의 얼굴이 빨개진 이유는 무엇일까요? 알맞은 이유를
찾아 선을 그어 보세요.

답

더워서   부끄러워서   힘들어서

얼굴이 빨개졌어요.

+ 자꾸 사람들이 뭐라고 하니까 부끄러웠을 거 같아요.

해설

16p

일상생활에서 흔하게 볼 수 있는 여러 행동을 살펴보고, 이러
한 행동을 어떻게 생각하는지 판단해 보는 활동입니다. 아이들
이 어떻게 판단하든 생각을 존중해 주시고, 왜 그러한 판단을
했는지 이유를 물어봐 주세요.

해설

21p

1. 이야기를 잘 이해하고 있는지 확인하는 사실적 질문입
   니다. 나귀를 왜 팔려고 하는지도 물어봐서 더 자세하게
   확인해 보면 좋습니다.

2. 등장인물의 말이 맞는지 틀린지 비판적으로 따져보는
   활동입니다. 무엇을 선택하든 답이 될 수 있으므로 아이
   의 생각을 존중해 주시고, 왜 그렇게 생각하는지 이유를
   물어봐 주세요.

3. 아버지와 아들의 얼굴이 빨개진 이유를 생각하면서 이
   들의 감정을 추론해 보는 활동입니다. 다른 이유를 선택
   한다면 넓은 마음으로 수용해 주시고 왜 그렇게 생각하
   는지 이유를 물어봐 주세요.

99

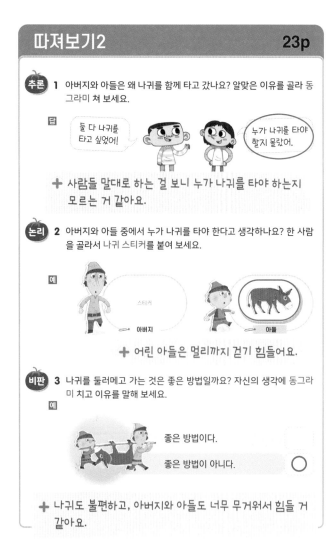

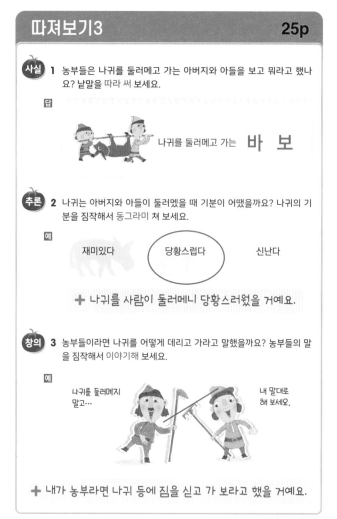

해설

23p

1. 아버지와 아들이 함께 나귀를 타게 된 이유를 추론해 보면서 아버지와 아들의 성격을 파악해 보는 활동입니다. 이들은 사람들의 말을 그대로 따라 하고 주관이 없는 모습을 보입니다.

2. 나귀를 타고 가야 하는 인물은 누구인지 선택하면서 합리적 근거를 제시해 보는 활동입니다. 누구를 선택하든 답이 될 수 있으므로 아이들의 생각을 존중해 주시고, 왜 그 인물을 선택했는지 이유를 물어봐 주세요.

3. 나그네가 말한 방법이 좋은 방법인지, 좋은 방법이 아닌지 비판적으로 따져보는 활동입니다. 어떻게 판단하든 왜 그렇게 판단했는지 이유를 말할 수 있도록 지도해 주세요.

25p

1. 농부들이 아버지와 아들을 어떻게 판단하고 있는지 핵심어로 확인해 보는 활동입니다. 더불어 농부들의 판단처럼 아버지와 아들을 바보라고 할 수 있는지도 물어봐 주세요.

2. 나귀의 기분을 추론해서 적절한 낱말로 표현해 보는 활동입니다. 무엇을 선택하든 이유가 명확하면 답으로 인정해 주세요. 제시된 낱말 외에 나귀의 기분을 표현할 수 있는 낱말은 무엇인지 더 생각해 보면 좋습니다.

3. 농부의 입장이 되어서 생각해 보는 창의적 활동입니다. 농부는 무엇을 하는 사람인지 생각해서 농부가 했을 적절한 말을 상상해 보면 좋습니다.

간추리기 26p

장터에 가는 길

아버지와 아들은 나귀를 끌고 가는 방법을 여러 번 바꿨어.
어떻게 끌고 갔는지 알맞은 그림을 찾아 선을 그어 봐.

답

곧 팔아 버릴 거니까 타고 가야지!

저런, 어린 아들이 나귀를 타고 가다니!

세상에, 어린 아들을 힘들게 걷게 하다니!

차라리 둘러메고 가는 게 낫겠네!

짚어보기1 27p

이래라저래라

나귀는 사람들의 말이 옳다고 생각했을까?
나귀의 생각을 짐작해서 O나 X에 동그라미 쳐 봐.

예

왜 나귀를 끌고 가? 타고 가야지!

늙은 아버지를 걷게 하다니, 고약하군!

혼자만 편하게 나귀를 탔네, 못된 아버지군!

두 사람이 함께 타다니, 너무하네!

너는 어떻게 생각해?

네 생각도 말해 봐.

➕ 나귀는 아무도 타지 않기를 바랐을 거예요.

짚어보기2 28p

나귀 마음

장터로 갈 때 나귀의 마음은 어땠을까? 다음 상황에서 나귀의 마음
을 짐작해 보고, 나귀 표정에 동그라미 쳐 봐.

예

아버지가 끌고 갈 때

아버지가 탈 때

➕ 장터에 가면 팔린다는 걸 알고
기분이 안 좋았을 거 같아요.

아버지와 아들이 탈 때

둘러멜 때

➕ 두 명이 타서 무거워서
화가 났을 거 같아요.

➕ 불편해서 기분이 많이
나빴을 거 같아요.

짚어보기3 29p

나귀 마음대로

냇물에서 나온 아버지와 아들은 나귀를 따라가기로 했대. 나귀는 어디
로 갈까? 나귀가 가는 길에 무엇이 있을지 상상해서 그려 봐.

나귀야, 네가 앞장서.

우리는 너를 따라갈게.

에라, 모르겠다!

그림으로 마음껏 표현해 보세요.

그림으로 마음껏 표현해 보세요.

1장 아버지와 아들과 나귀 2

해설

26p

아버지와 아들이 여러 사람의 말을 어떻게 따랐는지 그림으로 확인해 보는 활동입니다. 정확하게 답을 찾아 선으로 연결했는지 살펴봐 주세요.

27p

나귀 입장이 되어서 생각해 보는 활동입니다. 더불어 사람들의 말이 옳은지 비판적으로 따져볼 수도 있습니다. 나귀 입장이 되어서 판단해 볼 수 있도록 지도해 주세요.

28p

나귀의 기분을 짐작해서 적절한 표정으로 표현해 보는 활동입니다. 제시된 상황에서 나귀가 어떤 기분이었을지 말로도 설명할 수 있도록 지도해 주세요.

29p

나귀가 마음대로 갈 수 있다면 나귀는 어디로 갈지 나귀가 가고 싶은 곳에는 무엇이 있을지 상상해 보고 그림으로 표현하는 창의적 활동입니다. 자유롭게 표현할 수 있도록 지도해 주세요.

짚어보기4 — 30p

팔랑귀

나귀가 다른 나귀에게 아버지와 아들을 흉보고 있어.
나귀가 하는 말을 듣고 **아버지와 아들의 귀를 그려 봐.**

아버지와 아들은 팔랑귀야. 귀가 팔랑팔랑하듯 남의 말에 이리저리 휘둘리거든.

자기 생각이 없구나. 그런데 귀가 팔랑팔랑 거리면 어떤 모습이야?

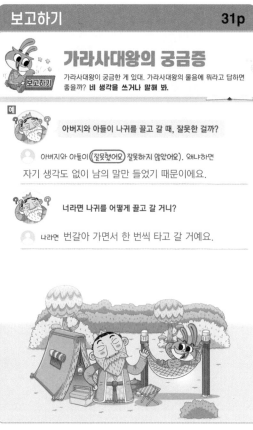

보고하기 — 31p

가라사대왕의 궁금증

가라사대왕이 궁금한 게 있대. 가라사대왕의 물음에 뭐라고 답하면 좋을까? 네 생각을 쓰거나 말해 봐.

예

아버지와 아들이 나귀를 끌고 갈 때, 잘못한 걸까?

아버지와 아들이 (잘못했어요) 잘못하지 않았어요). 왜냐하면 자기 생각도 없이 남의 말만 들었기 때문이에요.

너라면 나귀를 어떻게 끌고 갈 거니?

나라면 번갈아 가면서 한 번씩 타고 갈 거예요.

해설

30p

아버지와 아들의 갈팡질팡하는 모습을 '팔랑귀'로 나타낼 수 있습니다. 팔랑귀의 뜻을 알아보고 의미에 맞는 귀의 모습을 창의적으로 표현해 보는 활동이므로, 마음껏 그릴 수 있도록 지도해 주세요.

31p

이야기의 주제에 대한 자신의 생각을 정리하는 활동입니다. 아직 문장을 쓰기 어려운 아이들은 말로 표현할 수 있도록 지도해 주세요.

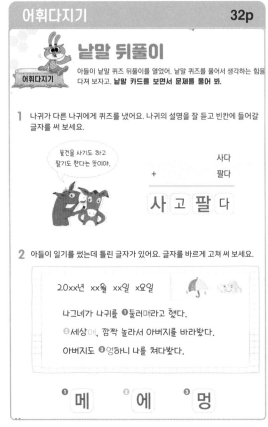

어휘다지기 — 32p

낱말 뒤풀이

아들이 낱말 퀴즈 뒤풀이를 열었어. 낱말 퀴즈를 풀어서 생각하는 힘을 다져 보자고. **낱말 카드를 보면서 문제를 풀어 봐.**

1 나귀가 다른 나귀에게 퀴즈를 냈어요. 나귀의 설명을 잘 듣고 빈칸에 들어갈 글자를 써 보세요.

물건을 사기도 하고 팔기도 한다는 뜻이야.

사다 + 팔다

사 고 팔 다

2 아들이 일기를 썼는데 틀린 글자가 있어요. 글자를 바르게 고쳐 써 보세요.

20xx년 xx월 xx일 x요일

나그네가 나귀를 ❶둘러매라고 했다.

❷세상애, 깜짝 놀라서 아버지를 바라봤다.

아버지도 ❸엉하니 나를 쳐다봤다.

❶메 ❷에 ❸멍

어휘다지기 — 33p

3 나귀가 아버지와 아들에게 하고 싶은 말이 있대요. 나귀가 하고 싶은 말이 무엇인지 빨간색 글자를 따라서 낱말을 써 보세요.

몸을 뒤집지 말고 잠든 척해.

건너편 사람들이 아무리 웃어도 소용없어.

"힘이 들어서 자꾸 뒤 척 였어요."

"아버지와 아들이 너 무 해요."

1장 아버지와 아들과 나귀 33

32~33p

낱말 카드에서 다룬 어휘를 다시 한번 문제로 풀어보면서 어휘력을 기르는 활동입니다. 낱말 카드를 보면서 문제를 풀 수 있도록 지도해 주세요.

낱말 카드

낱말 카드 ① 낱말 등급 ★★★★☆	낱말 카드 ② 낱말 등급 ★★★★★
사고팔다	**세상에**
물건 따위를 사기도 하고 팔기도 한다는 뜻입니다.	예상하지 못한 일이 생겨서 놀랐을 때 하는 말입니다.
낱말 카드 ③ 낱말 등급 ★★☆☆☆	낱말 카드 ④ 낱말 등급 ★★★★☆
멍하니	**너무하다**
정신이 나간 것처럼 얼떨떨하다는 뜻입니다.	지나치고 심하다는 뜻입니다.
낱말 카드 ⑤ 낱말 등급 ★★★☆☆	낱말 카드 ⑥ 낱말 등급 ★★★★★
둘러메다	**뒤척이다**
들어 올려서 어깨에 메는 걸 뜻합니다.	물건을 이리저리 뒤지거나 몸을 이리저리 뒤집는 걸 말합니다.

낱말 카드

세상에, 참 못된 아버지야.	여러 가지 물건을 **사 고 팔** 려고 장터에 모였어요.
마른 나귀를 두 사람이 타다니 정말 **너 무** 하네.	얼굴이 빨개져서 서로를 **멍 하 니** 쳐다보았어요.
놀란 나귀는 몸을 마구 **뒤 척** 였어요.	아버지와 아들은 나귀를 어깨에 **둘 러** 멨어요.

SISO 진짜진짜 독서논술

2장 사자 왕자의 선생님

준비하기　　36p

따져보기1　　41p

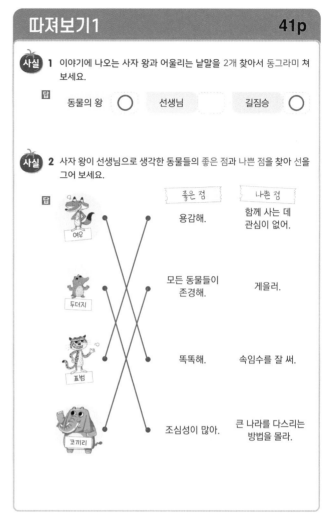

해설

36p

이야기가 전달하고자 하는 주제를 명확히 이해하기 위해 준비하는 활동입니다. 제시된 상황이 무엇인지 정확하게 인지할 수 있도록 구체적으로 설명해 주시고, 이러한 상황에서 강아지와 새끼 고양이는 어떤 반응을 보일지 자유롭게 상상해 볼 수 있도록 지도해 주세요.

해설

41p

1. 사자 왕을 이야기에서 어떻게 설명하고 있는지 핵심어로 찾는 사실적 질문입니다. 길짐승의 뜻을 정확히 이해해서 알맞은 답을 모두 찾을 수 있도록 지도해 주세요.

2. 이야기에 제시된 동물들의 장점과 단점을 정확하게 찾을 수 있는지 확인하는 활동입니다. 각 특징에 어울리는 동물들을 바르게 연결했는지 확인해 주시고, 이 동물들의 또 다른 특징은 무엇일지 더 생각해 볼 수 있도록 지도해 주세요.

따져보기2　43p

추론 1 사자 왕이 사자 왕자의 선생님으로 독수리를 고른 이유는 무엇일까요? 알맞은 이유를 골라 ☆표 해 보세요.

답
독수리는 날짐승 나라의 왕이니까.

독수리는 힘이 세고 꾀가 많으니까.

☆

＋ 독수리가 날짐승 나라의 왕이어서 기뻐했어요.

비판 2 독수리를 사자 왕자의 선생님으로 고른 것은 잘한 걸까요? ○나 ×에 색칠해 보세요.

예
잘했다 ○　　잘못했다 ×

＋ 왕이라고 해서 좋은 선생님이 될 수 있는 건 아니에요.

창의 3 학교에 가면 어떤 선생님을 만나고 싶나요? 좋아하는 선생님을 말해 보세요.

예
나는 친절한 선생님이 좋아.

나는 재미있는 선생님이 좋아.

＋ 나는 체육을 많이 하는 선생님이 좋아요.

따져보기3　45p

창의 1 사자 왕자에게 무엇을 가르쳐 주면 좋을까요? 사자 왕자의 선생님이라고 상상하며 이야기해 보세요.

예
으르렁~ 크게 우는 방법을 알려 줄 거야.

킁킁~ 냄새를 잘 맡는 방법을 알려 줄 거야.

＋ 동물 나라를 잘 다스리는 데 필요한 싸움을 말리는 방법을 알려 주고 싶어요.

추론 2 사자 왕은 왜 독수리를 선생님으로 고른 걸 후회할까요? 알맞은 낱말 스티커를 붙여서 이유를 완성해 보세요.

답

길짐승 의 왕이 될 사자 왕자가

날짐승 이 사는 방법을 배웠기 때문이야.

＋ 날짐승이 사는 방법은 길짐승에게는 필요가 없어요.

논리 3 사자 왕자가 길짐승의 왕이 되어도 좋을까요? 찬성이나 반대에 동그라미 쳐 보세요.

예

찬성 ○ 사자 왕자가 왕이 되어도 좋아.

반대 × 사자 왕자가 왕이 되면 좋지 않아.

＋ 길짐승을 다스리는 방법을 몰라서 왕이 되면 좋지 않을 것 같아요.

해설

43p

1. 사자 왕이 독수리를 선생님으로 고른 이유를 추론해 보는 활동입니다. 이야기의 맥락을 통해 정확한 답을 찾을 수 있으면 좋지만, 다른 것을 선택해도 생각을 존중해 주시고 왜 그렇게 생각하는지 이유를 물어봐 주세요.

2. 사자 왕의 행동이 잘한 일인지 비판적으로 따져보는 활동입니다. 사자 왕이 독수리 왕을 선생님으로 고른 이유를 생각해 보고, 선생님으로 고른 행동이 잘했는지 비판해 볼 수 있도록 지도해 주세요.

3. 자신이 좋아하는 선생님은 어떤 분인지 이야기 나누면서 좋은 선생님은 어떤 자질을 갖추면 좋을지 생각을 확장시켜 보는 활동입니다. 선생님에게 바라는 게 무엇인지 자유롭게 이야기 나눠 보세요.

해설

45p

1. 사자 왕자가 동물 나라를 다스리는 왕이 되려면 무엇을 배우는 게 좋을지 이야기해 보는 활동입니다. 동물 나라를 다스리는 데 필요한 지식과 지혜가 무엇일지 생각해서 말할 수 있도록 지도해 주세요.

2. 길짐승과 날짐승의 차이를 이해해서 사자 왕자가 어디에 속하는지 연결해 보는 문제입니다. 낱말 카드에 나온 뜻을 살펴보고 문제를 풀 수 있도록 지도해 주세요.

3. 사자 왕자가 길짐승을 다스리는 왕의 자격이 있는지 생각해 보는 활동입니다. 자격이 있는지 없는지 논리적인 근거를 들어서 설득력 있게 제시할 수 있으면 좋습니다.

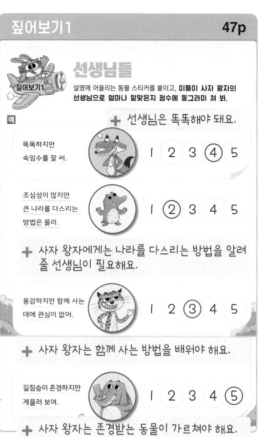

해설

46p

이야기 순서에 맞게 그림의 순서를 정하는 활동입니다. 이야기를 잘 기억하고 있는지 확인해 볼 수 있습니다.

47p

사자 왕자의 선생님은 어떤 자질을 갖춰야 하는지 각 조건을 구체적으로 따져보고 점수를 매기는 활동입니다. 어떤 자질에 높은 점수를 매기고, 낮은 점수를 매겼는지 살펴봐 주세요.

48p

사자 왕자의 선생님으로 알맞은 동물은 누구일지 그림으로 표현하는 창의적 활동입니다. 어떤 동물이 선생님 자격이 있는지 구체적으로 생각해 보고 그릴 수 있도록 지도해 주세요.

49p

리더가 되려면 어떤 자질을 갖춰야 하는지 구체적으로 쓰거나 말해 보는 활동입니다. 주변에서 흔히 볼 수 있는 리더를 떠올려 보고 그들이 어떤 자질을 갖췄는지 따져보면 좋습니다.

짚어보기4   50p

독수리 왕자

독수리 왕이 사자 왕을 독수리 왕자의 선생님으로 삼았대.
사자 왕은 무엇을 가르칠까? **짐작해서 쓰거나 말해 봐.**

안녕, 친구!
우리 독수리 왕자를
가르쳐 줘!

안녕, 친구!
네가 우리 사자 왕자를
가르친 것처럼 말이지?

예

독수리 왕자에게

✎ 빠르게 달리는 방법 을/를 가르쳐야겠다.

➕ 독수리 왕자에게 길짐승이 살아가는 데 필요한 걸
가르칠 것 같아요.

보고하기   51p

가라사대왕의 궁금증

가라사대왕이 궁금한 게 있대. 가라사대왕의 물음에 뭐라고 답하면
좋을까? **네 생각을 쓰거나 말해 봐.**

사자 왕은 왕자의 선생님을 잘못 고른 걸까?

예   선생님을 (잘못 골랐어요 / 잘못 고르지 않았어요). 왜냐하면
독수리는 사자 왕자에게 필요한 선생님이 아니기 때문이에요.

네가 사자 왕이라면 왕자의 선생님으로 누구를 고를 거니?

나라면 호랑이를 선생님으로 고를 거예요. 호랑이는
힘도 세고 용감해서 사자 왕자를 잘 가르칠 거예요.

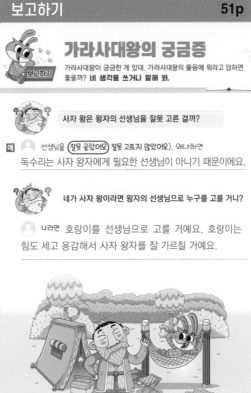

어휘다지기   52p

낱말 뒤풀이

사자 왕이 낱말 퀴즈 뒤풀이를 열었어. 낱말 퀴즈를 풀어서 생각하는
힘을 다져 보자고. **낱말 카드를 보면서 문제를 풀어 봐.**

1 다음 낱말 퀴즈의 답으로 알맞은 것을 찾아 동그라미 쳐 보세요.

날아다니는 짐승은
무슨 짐승?

기어다니는 짐승은
무슨 짐승?

난짐승   길짐승
날짐승   긴짐승
나짐승   기짐승

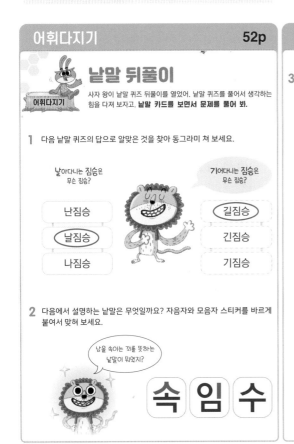

2 다음에서 설명하는 낱말은 무엇일까요? 자음자와 모음자 스티커를 바르게
붙여서 맞혀 보세요.

남을 속이는 꾀를 뜻하는
낱말이 뭐였지?

속 임 수

어휘다지기   53p

3 사자 왕자가 사자 왕에게 편지를 보냈는데, 엉뚱한 낱말이 있어요. 엉뚱한
낱말을 바르게 고쳐 써 보세요.

아빠 사자 왕에게

아빠, 안녕하세요?

저는 공부 잘하고 있어요.

독수리 왕이 저를 제자로 ❶삶아 주었어요.

처음에는 날짐승 나라로 온 걸 많이 ❷후해했는데요

지금은 참 재미있어요. 돌아가면 길짐승들이 ❸존겅하는

왕이 될 거예요.

안녕히 계세요.

〇〇〇〇년 〇〇월 〇〇일

😊 사자 왕자 올림

❶ 삼 아   ❷ 후 회
❸ 존 경 하 는

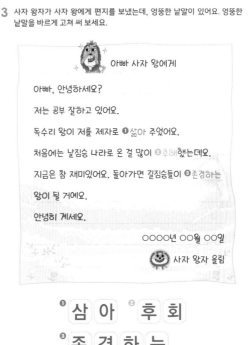

50p

사자 왕이 독수리 왕자
에게 무엇을 가르칠지
상상해 보고 문장으로
표현하는 활동입니다.
아직 쓰는 데 익숙하지
않은 아이들은 말로 표
현해도 좋습니다. 재치
있는 생각을 기대해 봅
니다.

51p

이야기의 주제에 대한
자신의 생각을 정리하
는 활동입니다. 아직
문장을 쓰기 어려운 아
이들은 말로 표현할 수
있도록 지도해 주세요.

52~53p

낱말 카드에서 다룬 어
휘를 다시 한번 문제로
풀어보면서 어휘력을
기르는 활동입니다. 낱
말 카드를 보면서 문제
를 풀 수 있도록 지도
해 주세요.

낱말 카드 1 낱말 등급 ★★★★☆

길짐승

기어다니는 짐승을 모두 이르는 말입니다.

낱말 카드 2 낱말 등급 ★★★☆☆

속임수

남을 속이는 꾀나 수단을 뜻합니다.

낱말 카드 3 낱말 등급 ★★☆☆☆

존경하다

다른 사람을 겸손히 받들어
모신다는 뜻입니다.

낱말 카드 4 낱말 등급 ★★★★☆

날짐승

날아다니는 짐승을 모두 이르는 말입니다.

낱말 카드 5 낱말 등급 ★★★★☆

후회

이전의 잘못을 깨닫고
뉘우치는 것을 뜻합니다.

낱말 카드 6 낱말 등급 ★☆☆☆☆

삼다

누구를 자기와 특별한 사람으로
만든다는 뜻입니다.

여우는 똑똑하지만 **속 임 수** 를 잘 써.

아기 사자는 **길 짐 승** 의 왕이 되려고 공부했어요.

독수리는 **날 짐 승** 나라를 다스리는 왕이에요.

모든 동물들이 **존 경** 하는 코끼리가 생각났어요.

누구를 사자 왕자의 선생님으로 **삼** 아야 했을까요?

선생님을 잘못 고른 것 같아 **후 회** 돼요.

3장 집고양이가 없으면

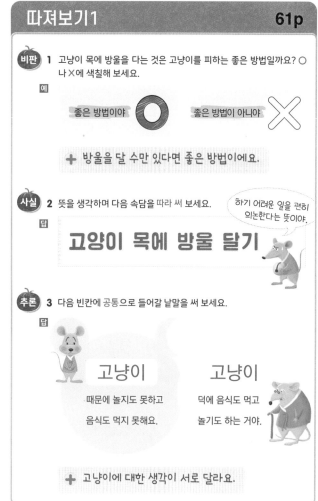

해설

56p

이야기의 배경을 미리 그림으로 살펴보고 어떤 이야기가 펼쳐질지 이야기해 보는 활동입니다. 그림을 보고 이야기를 지어낼 수 있으며, 앞으로 읽게 될 이야기에 대한 흥미를 높일 수 있습니다.

해설

61p

1. 고냥이 목에 방울을 다는 방법이 좋은지 나쁜지 비판적으로 따져보는 활동입니다. 명확한 이유를 말할 수 있도록 왜 그렇게 생각하는지 물어봐 주세요.

2. 이야기에 나온 내용과 어울리는 속담을 알아보고 속담의 뜻을 배워 보는 문제입니다. 속담을 따라 쓰면서 정확하게 익힐 수 있도록 지도해 주세요.

3. 쥐들이 고냥이를 어떻게 생각하는지 추론해 보는 활동입니다. 문장에 공통으로 들어갈 낱말을 잘 썼는지 살펴봐 주시고, 고냥이에 대한 생각이 어떻게 다른지 물어봐 주세요.

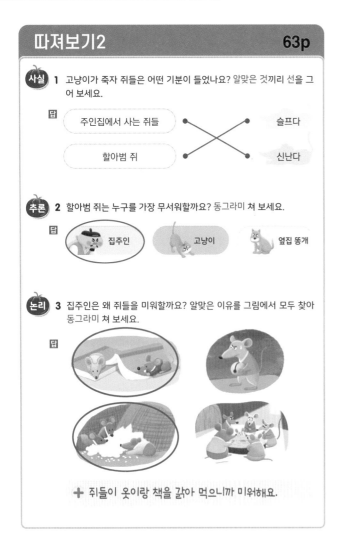

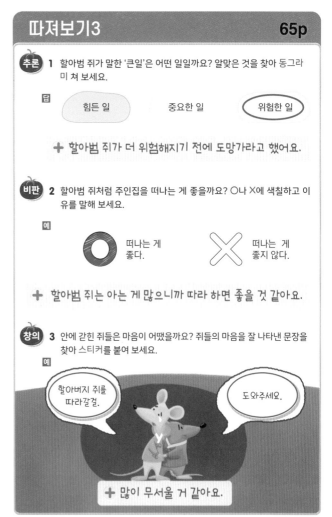

해설

63p

1. 고양이의 죽음을 쥐들이 어떻게 받아들이는지 확인하는 사실적 질문입니다. 쥐들의 생각이 서로 다른 이유를 물어봐 주시고, 왜 서로의 생각이 다른지도 생각해 볼 수 있도록 지도해 주세요.

2. 고양이보다 집주인이 무섭다는 할아범 쥐의 말을 통해 할아범 쥐가 가장 무서워하는 대상이 누구인지 추론해 보는 활동입니다. 정확하게 답을 찾았는지 살펴봐 주세요.

3. 쥐들이 왜 집주인의 미움을 받는지 논리적으로 따져보는 활동입니다. 제시된 그림이 어떤 상황을 나타내는지 살펴보고 어떤 행동이 미움을 받을 만한지 찾을 수 있으면 좋습니다.

해설

65p

1. 이야기의 맥락을 파악해서 어떤 큰일이 벌어질지 예상해 보는 문제입니다. 쥐들이 도망갈 정도로 큰일은 어떤 일일지 생각해서 알맞은 답을 찾을 수 있도록 지도해 주세요.

2. 할아범 쥐를 따라서 떠나는 게 좋을지 따져보는 활동입니다. 더불어 할아범 쥐가 떠난 행동을 어떻게 생각하는지 판단해 볼 수 있습니다. 자신이 쥐라면 어떻게 행동했을지 물어봐 주세요.

3. 할아범 쥐의 말을 듣지 않은 쥐들이 위험을 당했을 때 어떤 생각을 했을지 글로 표현해 보는 활동입니다. 문장을 쓰기 어려워하는 아이들을 위해 스티커 활동으로 준비되었으니 어울리는 문장을 찾아 스티커를 붙일 수 있도록 지도해 주세요.

간추리기　66p

도망친 쥐

간추리기
주인집에서 도망친 쥐들은 할아범 쥐에게 뭐라고 했을까?
다음 그림에 스티커를 붙여서 이들의 이야기를 짐작해 봐.

무슨 일이 있었던 거니?

집주인이오…

＋ 갇혀 죽을 뻔한 이야기를 할 거 같아요.

짚어보기1　67p

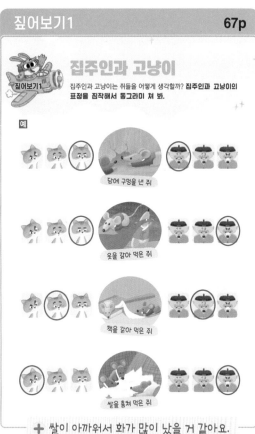

집주인과 고냥이

짚어보기1
집주인과 고냥이는 쥐들을 어떻게 생각할까? **집주인과 고냥이의 표정을 짐작해서 동그라미 쳐 봐.**

예

담에 구멍을 낸 쥐

옷을 갉아 먹은 쥐

책을 갉아 먹은 쥐

쌀을 훔쳐 먹은 쥐

＋ 쌀이 아까워서 화가 많이 났을 거 같아요.

짚어보기2　68p

똥개에게 부탁을

짚어보기2
쥐들이 옆집 똥개에게 선물을 주면서 고냥이를 혼내 달라고 부탁했대. 어떤 선물을 주면 똥개가 좋아할까? **그림으로 그려 봐.**

똥개야, 고냥이를 혼내 주면 이걸 줄게.

아니, 이것은!

🎨 그림으로 마음껏
표현해 보세요.

짚어보기3　69p

누가 더

짚어보기3
누가 쥐들을 가장 못살게 굴었을까?
쥐들을 못살게 군 순서대로 번호를 매겨 봐.

예

고냥이가 살아 있을 때

4　1　3　2

고냥이가 없어졌을 때

1　3　2

해설

66p

이야기의 핵심 내용을 그림으로 정리하는 활동입니다. 알맞은 퍼즐 조각을 붙여서 그림을 완성한 후, 이 그림이 어떤 내용을 담고 있는지 말로 표현할 수 있도록 지도해 주세요.

67p

집주인과 고냥이에게 쥐는 어떤 존재인지 생각해 보고, 이들의 생각을 표정으로 표현해 보는 활동입니다. 선택한 표정이 어떤 감정을 나타내는지 물어봐 주세요.

68p

쥐의 입장이라면 위기를 모면하기 위해 어떠한 방법을 생각해 낼지 고민해 보고, 똥개가 좋아할 만한 게 무엇일지 그림으로 표현해 보는 창의적 활동입니다.

69p

쥐들은 누구를 가장 무서워했을지 쥐의 입장이 되어서 생각해 보는 활동입니다. 집주인이 키우는 고양이가 사라지기 전과 후의 차이를 이해해서 무서운 순서대로 순위를 매길 수 있도록 지도해 주세요.

짚어보기4   70p

고냥이에게

주인집에서 살던 쥐들이 죽은 고냥이를 생각하며 편지를 썼어.
편지에 어떤 그림을 그리면 좋을지 상상하며 그려 봐.

고냥이야, 안녕? 네가 사라지니까 더 무서워졌어. 네가 살아 있을
때가 그리워. 정말 이상하지?

그림으로 마음껏
표현해 보세요.

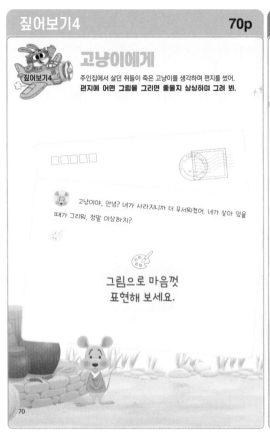

보고하기   71p

가라사대왕의 궁금증

가라사대왕이 궁금한 게 있대. 가라사대왕의 물음에 뭐라고 답하면
좋을까? 네 생각을 쓰거나 말해 봐.

예

고냥이가 사라졌는데 쥐들은 왜 편해지지 않았을까?

왜냐하면 고냥이보다 무서운 집주인이 직접 쥐들을
못살게 굴었기 때문이에요.

네가 쥐라면 고냥이가 사라진 뒤 어떻게 할 거니?

내가 쥐라면 더 큰일을 당하기 전에 할아범 쥐처럼
빨리 도망갈 거예요.

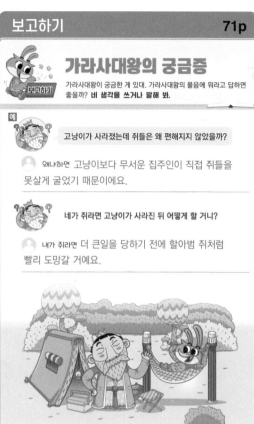

어휘다지기   72p

낱말 뒤풀이

쥐들이 낱말 퀴즈 뒤풀이를 열었어. 낱말 퀴즈를 풀어서 생각하는
힘을 다져 보자고. 낱말 카드를 보면서 문제를 풀어 봐.

1 쥐들이 모여서 고냥이를 쫓아낼 방법을 의논하고 있어요. 다음 말풍선에 들
어갈 낱말을 보기에서 찾아 써 보세요.

고냥이는 너무 무섭고
끔찍해요.

고냥이가
사라지면
좋겠어요.

보기   사라지면   끔찍해요

어휘다지기   73p

2 다음 밑줄 친 낱말과 뜻이 같은 한 글자 낱말을 빈칸에 써 보세요.

고냥이 <u>덕분</u>에 음식도 먹고

고냥이 <u>덕택</u>에 놀기도 하고

고냥이 **덕** 에 주인집에서 살지!

3 일기를 쥐가 군데군데 갉아 먹어서 글자가 보이지 않아요. 알맞은 글자를 써
서 일기를 완성해 보세요.

20xx년 xx월 xx일 x요일

고냥이가 사라지자 ❶ 　났다.

집주인이 ❷ 　　 쥐구멍에 연기를 피웠다.

이제 우리는 ❸ 　 했다.

❶ 큰 일   ❷ 나 서 서   ❸ 망

70p

고냥이는 쥐를 괴롭힌
존재이지만, 그런 존재
가 사라진 후 더 나빠
진 상황을 편지글을 보
면서 이해해 보는 활동
입니다. 왜 쥐들이 고
냥이가 살아 있을 때를
그리워할지 이유를 생
각할 수 있으면 좋습니
다.

71p

이야기의 주제에 대한
자신의 생각을 정리하
는 활동입니다. 아직
문장을 쓰기 어려운 아
이들은 말로 표현할 수
있도록 지도해 주세요.

72~73p

낱말 카드에서 다룬 어
휘를 다시 한번 문제로
풀어보면서 어휘력을
기르는 활동입니다. 낱
말 카드를 보면서 문제
를 풀 수 있도록 지도
해 주세요.

낱말 카드

낱말 카드 ❶ 낱말 등급 ★★★★★

사라지다

물건이나 생각, 느낌 등이 없어지다,
혹은 '죽다'를 다르게 이르는 말입니다.

낱말 카드 ❷ 낱말 등급 ★★★★★

망하다

일이나 책임을 다하지 못하고
없어진다는 뜻입니다.

낱말 카드 ❸ 낱말 등급 ★★★★★

덕

남을 이해하고 받아들이는 마음이나 행동,
또는 베풀어 준 은혜나 도움을 뜻합니다.

낱말 카드 ❹ 낱말 등급 ★★★★★

나서다

어떤 일을 직접 앞장서서
시작한다는 뜻입니다.

낱말 카드 ❺ 낱말 등급 ★★★★★

큰일

다루는 데 힘이 많이 들고
중요한 일을 뜻합니다.

낱말 카드 ❻ 낱말 등급 ★★★★★

끔찍하다

일이나 형편이 무서울 정도로
몹시 심하고 나쁘다는 뜻입니다.

낱말 카드

3장 집고양이가 없으면

고냥이가 없어지자 우리도
망 하게 되었어요.

진짜진짜 독서논술

3장 집고양이가 없으면

고냥이가 **사 라** 지면
행복할 줄 알았어요.

진짜진짜 독서논술

3장 집고양이가 없으면

집주인이 직접
나 설 텐데 큰일이에요.

진짜진짜 독서논술

3장 집고양이가 없으면

우리가 주인집에서 사는 것은
다 고양이 **덕** 이에요.

진짜진짜 독서논술

3장 집고양이가 없으면

끔 찍 하게도
옆집에서 똥개를 데려왔어요.

진짜진짜 독서논술

3장 집고양이가 없으면

큰 일 이 날 거라면서
주인집을 떠났어요.

진짜진짜 독서논술

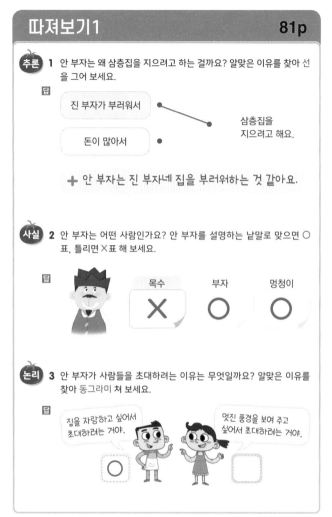

해설

76p

물건의 쓰임새를 이해하지 못하면 어떤 일이 벌어질지 생각해 보면서 이야기의 주제를 이해하기 위한 배경지식을 마련해 보는 활동입니다. 어떤 물건이 가장 쓸모없을지 따져보고 왜 쓸모없는지 이유를 말할 수 있도록 지도해 주세요.

해설

81p

1. 이야기의 맥락을 통해 안 부자가 삼층집을 지으려 하는 이유를 추론해 보는 문제입니다. 정확한 이유를 잘 찾았는지 살펴봐 주세요.

2. 안 부자의 특징을 잘 설명한 낱말을 모두 찾는 문제입니다. 목수는 무엇을 하는 사람인지 이야기를 통해 추론해서 답이 아님을 알 수 있습니다.

3. 안 부자의 의도를 따져보는 활동입니다. 답을 잘 찾으면 좋지만, 다른 것을 선택해도 넓은 마음으로 수용해 주시고 왜 그렇게 생각하는지 이유를 물어봐 주세요.

4장 삼층집 짓기

따져보기2　83p

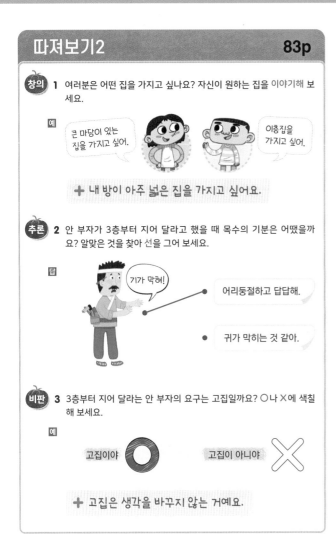

따져보기3　85p

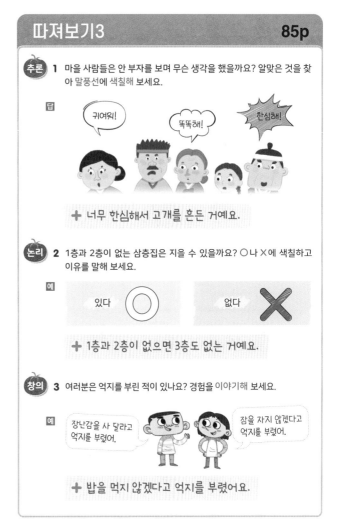

해설

83p

1. 자신이 원하는 집을 이야기하면서 핵심 소재인 '집'이 사람에게 어떤 의미가 있는지 생각해 보는 활동입니다. 원하는 집을 마음껏 이야기해 볼 수 있도록 지도해 주세요.

2. 기가 막힌다는 말은 어떤 뜻인지 맥락적 의미를 통해 추론해 보는 활동입니다. 답을 잘 찾았는지 살펴봐 주시고, 기가 막혔던 적이 있는지 물어봐 주세요.

3. 고집의 뜻이 무엇인지 맥락적 의미를 통해 추론한 후, 안 부자의 행동이 고집인지 아닌지 판단해 보는 활동입니다. 더불어 고집을 부린 적이 있는지 더 질문해 주세요.

85p

1. 마을 사람들의 행동이 어떤 의미인지 추론해 보는 활동입니다. 고개를 흔드는 행동은 어떨 때 하는지 생각해 보고 알맞은 답을 찾을 수 있도록 지도해 주세요.

2. 안 부자의 요구가 타당한지 따져보기 위해서 1층과 2층이 없는 3층 집이 가능한지 생각해 보는 활동입니다. 무엇을 선택하든 생각을 존중해 주시고, 판단의 이유가 논리적인 설득력을 갖췄는지 살펴봐 주세요.

3. 안 부자의 행동을 이해하기 위해서 비슷한 행동을 한 적이 있는지 생각해 보는 활동입니다. 예시에 나온 행동이 억지라고 생각하는지 물어봐 주시고, 자신도 억지를 부린 적이 있는지 말할 수 있도록 지도해 주세요.

간추리기 86p

안 부자 이야기

안 부자와 목수에게 있었던 일을 그림으로 살펴보고, 말풍선에 들어갈 알맞은 내용을 스티커에서 찾아 붙여 봐.

짚어보기1 87p

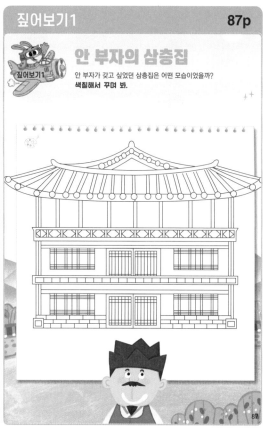

안 부자의 삼층집

안 부자가 갖고 싶었던 삼층집은 어떤 모습이었을까? 색칠해서 꾸며 봐.

짚어보기2 88p

일한 값

목수는 일한 값을 받으려고 원님을 찾아갔다. 원님과 목수와 안 부자는 저마다 일한 값을 얼마로 생각할까? 금덩이 스티커를 붙여 봐.

짚어보기3 89p

3층부터 짓기

목수가 정말 3층부터 집을 지었대. 1층 대신에 3층의 누각을 스티커로 붙이고, 이게 3층부터 지은 집이 맞는지 말해 봐.

해설

86p

안 부자의 말과 속마음을 추론해서 알맞게 연결해 보는 활동입니다. 그림과 맞는 문장을 잘 선택했는지 살펴봐 주세요.

87p

안 부자가 원하는 아름다운 삼층집은 어떤 모습일지 상상해서 색칠하는 활동입니다. 상상하는 집을 마음껏 표현해 보면 좋습니다.

88p

목수의 입장에서 일한 값을 받아야 하는지, 안 부자의 입장에서 일한 값을 주어야 하는지, 각자의 입장이 되어 따져보는 활동입니다. 어떻게 판단하든지 설득력 있는 이유를 제시할 수 있으면 좋습니다.

89p

3층에 들어갈 누각을 1층에 스티커로 붙여 보고, 이게 3층부터 지은 집이라고 할 수 있는지 따져보는 활동입니다. 더불어 이게 안 부자가 원한 3층 집인지 생각해 볼 수 있도록 지도해 주세요.

4장 삼층집 짓기

짚어보기4　90p

어리석은 농부

농부가 벼를 빠르게 자라게 하려다가 농사를 망쳐 버렸대.
농부에게 무슨 말을 해 주면 좋을지 이야기해 봐.

한 농부가 벼를 심었어요.

그런데 벼가 느리게 자라는 것 같아 속상했어요.

'옆집 벼가 우리 벼보다 더 자랐잖아.'

농부는 고민하다가 벼를 쑥 잡아 뺐어요.

'이렇게 하니까 우리 벼가 더 크군.'

하지만 다음 날 논에 가 보니 벼가 하얗게 말라서 죽어 버렸어요.

"아이고, 내 벼, 내 벼 돌려줘!"

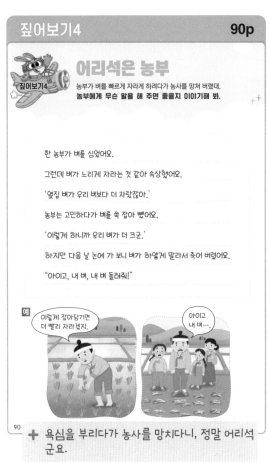

+ 욕심을 부리다가 농사를 망치다니, 정말 어리석군요.

보고하기　91p

가라사대왕의 궁금증

가라사대왕이 궁금한 게 있대. 가라사대왕의 물음에 뭐라고 답하면 좋을까? 네 생각을 쓰거나 말해 봐.

안 부자는 어떤 사람인 것 같니?

예 안 부자는 욕심이 많고 멍청한 사람 같아요.

네가 목수라면 3층 먼저 지으라는 안 부자에게 뭐라고 말할 거니?

내가 목수라면 안 부자에게 숫자 공부를 다시 하라고 말할 거예요. 3층이 왜 3층인지도 모르는 것 같으니까요.

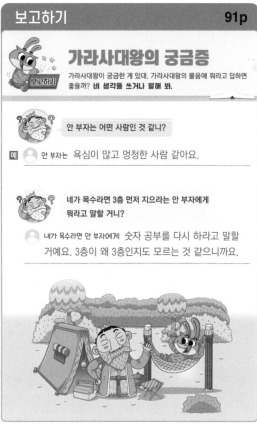

어휘다지기　92p

낱말 뒤풀이

목수가 낱말 퀴즈 뒤풀이를 열었어. 낱말 퀴즈를 풀어서 생각하는 힘을 다져 보자고. 낱말 카드를 보면서 문제를 풀어 봐.

1 마을 사람들이 안 부자를 놀리는 말에서 빈칸에 들어갈 글자를 찾아 글자 스티커를 붙여 보세요.

가장 바보 같은 안 부자가

당 **장** 집을 지으래~!

삼층집을 3층만 지으라고

고 **집** 을/를 피우네!

어휘다지기　93p

2 목수가 그냥 돌아가 버리자 안 부자가 벽에 낙서를 했는데, 틀린 글자가 있어요. 틀린 글자를 바르게 고쳐 써 보세요.

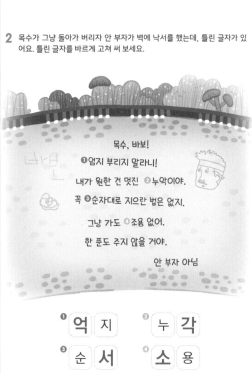

목수, 바보!
❶엄지 부리지 말라니!
내가 원한 건 멋진 ❷누악이야.
꼭 ❸순자대로 지으란 법은 없지.
그냥 가도 ❹조용 없어.
한 푼도 주지 않을 거야.
안 부자 아님

❶ 억 지　❷ 누 각
❸ 순 서　❹ 소 용

해설

90p

농부가 왜 어리석은 행동을 했는지 살펴보고, 농부에게 해 주고 싶은 말을 이야기해 보는 활동입니다. 이야기를 이해할 수 있도록 벼를 잡아당기면 벼가 어떻게 되는지 설명해 주세요.

91p

이야기의 주제에 대한 자신의 생각을 정리하는 활동입니다. 아직 문장을 쓰기 어려운 아이들은 말로 표현할 수 있도록 지도해 주세요.

92~93p

낱말 카드에서 다룬 어휘를 다시 한번 문제로 풀어보면서 어휘력을 기르는 활동입니다. 낱말 카드를 보면서 문제를 풀 수 있도록 지도해 주세요.

낱말 카드

낱말 카드 ① 낱말 등급 ★★★☆☆

누각

주위를 바라볼 수 있도록
문과 벽이 없이 높게 지은 집을 말합니다.

낱말 카드 ② 낱말 등급 ★★☆☆☆

당장

지금의 이 시간, 혹은 일이 일어난
바로 직후의 시간을 뜻합니다.

낱말 카드 ③ 낱말 등급 ★★☆☆☆

순서

정해져 있는 차례를 뜻합니다.

낱말 카드 ④ 낱말 등급 ★★☆☆☆

고집

자기의 생각이나 주장을 굽히지 않고
버틴다는 뜻입니다.

낱말 카드 ⑤ 낱말 등급 ★★☆☆☆

소용

쓰임이 있는 곳이나 쓰이는 일을
뜻하는 말입니다.

낱말 카드 ⑥ 낱말 등급 ★★★★☆

억지

무리하게 내세우는 고집을 뜻합니다.

낱말 카드

당 장 나를 위해
삼층집을 지어 주세요.

siso 진짜진짜 독서논술

3층에 누 각 이 있는
멋진 집을 짓고 싶어요.

siso 진짜진짜 독서논술

말도 안 되는
고 집 을 피웠어요.

siso 진짜진짜 독서논술

1층부터 순 서 대로
지어야 해요.

siso 진짜진짜 독서논술

억 지 를 부리니
어떡하면 좋죠?

siso 진짜진짜 독서논술

사람들도 비웃었지만
소 용 이 없었어요.

siso 진짜진짜 독서논술

MEMO

MEMO

낱말 카드 **1** **낱말 등급** ★★★★★

사고팔다

물건 따위를 사기도 하고
팔기도 한다는 뜻입니다.

낱말 카드 **2** **낱말 등급** ★★★★☆

세상에

예상하지 못한 일이 생겨서
놀랐을 때 하는 말입니다.

낱말 카드 **3** **낱말 등급** ★★★★★

멍하니

정신이 나간 것처럼
얼떨떨하다는 뜻입니다.

낱말 카드 **4** **낱말 등급** ★★★★★

너무하다

지나치고 심하다는 뜻입니다.

낱말 카드 **5** **낱말 등급** ★★★★☆

둘러메다

들어 올려서 어깨에 메는 걸 뜻합니다.

낱말 카드 **6** **낱말 등급** ★★★★☆

뒤척이다

물건을 이리저리 뒤지거나
몸을 이리저리 뒤집는 걸 말합니다.

　　□□□,

참 못된 아버지야.

siso 진짜진짜 독서논술

여러 가지 물건을

□□□ 려고

장터에 모였어요.

siso 진짜진짜 독서논술

마른 나귀를 두 사람이 타다니

정말 □□ 하네.

siso 진짜진짜 독서논술

얼굴이 빨개져서 서로를

□□□ 쳐다보았어요.

siso 진짜진짜 독서논술

놀란 나귀는 몸을

마구 □□ 였어요.

siso 진짜진짜 독서논술

아버지와 아들은 나귀를 어깨에

□□ 멨어요.

siso 진짜진짜 독서논술

자르는 선

낱말 카드 **1** **낱말 등급** ★★★★★

길짐승

기어다니는 짐승을 모두 이르는 말입니다.

낱말 카드 **2** **낱말 등급** ★★★★★

속임수

남을 속이는 꾀나 수단을 뜻합니다.

낱말 카드 **3** **낱말 등급** ★★★★★

존경하다

다른 사람을 겸손히 받들어
모신다는 뜻입니다.

낱말 카드 **4** **낱말 등급** ★★★★★

날짐승

날아다니는 짐승을 모두 이르는 말입니다.

낱말 카드 **5** **낱말 등급** ★★★★★

후회

이전의 잘못을 깨닫고
뉘우치는 것을 뜻합니다.

낱말 카드 **6** **낱말 등급** ★★★★★

삼다

누구를 자기와 특별한 사람으로
만든다는 뜻입니다.

어렵거나 중요한 정도를 점수로 매겨 별점에 색칠해 보세요. 2장 사자 왕자의 선생님 낱말 카드 **3**

여우는 똑똑하지만

［　］［　］［　］를 잘 써.

SISO 진짜진짜 독서논술

아기 사자는

［　］［　］［　］의 왕이 되려고

공부했어요.

SISO 진짜진짜 독서논술

독수리는 ［　］［　］［　］

나라를 다스리는 왕이에요.

SISO 진짜진짜 독서논술

모든 동물들이 ［　］［　］하는

코끼리가 생각났어요.

SISO 진짜진짜 독서논술

누구를 사자 왕자의 선생님으로

［　］아야 했을까요?

SISO 진짜진짜 독서논술

선생님을 잘못 고른 것 같아

［　］［　］돼요.

SISO 진짜진짜 독서논술

낱말 카드 **1** **낱말 등급** ★★★★★

사라지다

물건이나 생각, 느낌 등이 없어지다,
혹은 '죽다'를 다르게 이르는 말입니다.

낱말 카드 **2** **낱말 등급** ★★★★★

망하다

일이나 책임을 다하지 못하고
없어진다는 뜻입니다.

낱말 카드 **3** **낱말 등급** ★★★★★

덕

남을 이해하고 받아들이는 마음이나 행동,
또는 베풀어 준 은혜나 도움을 뜻합니다.

낱말 카드 **4** **낱말 등급** ★★★★★

나서다

어떤 일을 직접 앞장서서
시작한다는 뜻입니다.

낱말 카드 **5** **낱말 등급** ★★★★★

큰일

다루는 데 힘이 많이 들고
중요한 일을 뜻합니다.

낱말 카드 **6** **낱말 등급** ★★★★★

끔찍하다

일이나 형편이 무서울 정도로
몹시 심하고 나쁘다는 뜻입니다.

어렵거나 중요한 정도를 점수로 매겨 별점에 색칠해 보세요.   3장 집고양이가 없으면 낱말 카드 **5**

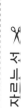

빈칸에 낱말을 써 보세요.

고냥이가 없어지자 우리도 ☐ 하게 되었어요.

진짜진짜 독서논술

빈칸에 낱말을 써 보세요.

고냥이가 ☐☐ 지면 행복할 줄 알았어요.

진짜진짜 독서논술

빈칸에 낱말을 써 보세요.

집주인이 직접 ☐☐ 텐데 큰일이에요.

진짜진짜 독서논술

빈칸에 낱말을 써 보세요.

우리가 주인집에서 사는 것은 다 고양이 ☐ 이에요.

진짜진짜 독서논술

빈칸에 낱말을 써 보세요.

☐☐ 하게도 옆집에서 똥개를 데려왔어요.

진짜진짜 독서논술

빈칸에 낱말을 써 보세요.

☐☐ 이 날 거라면서 주인집을 떠났어요.

진짜진짜 독서논술

낱말 카드 ① 낱말 등급 ★★★★★

누각

주위를 바라볼 수 있도록
문과 벽이 없이 높게 지은 집을 말합니다.

낱말 카드 ② 낱말 등급 ★★★★★

당장

지금의 이 시간, 혹은 일이 일어난
바로 직후의 시간을 뜻합니다.

낱말 카드 ③ 낱말 등급 ★☆☆☆☆

순서

정해져 있는 차례를 뜻합니다.

낱말 카드 ④ 낱말 등급 ★☆☆☆☆

고집

자기의 생각이나 주장을 굽히지 않고
버틴다는 뜻입니다.

낱말 카드 ⑤ 낱말 등급 ★★☆☆☆

소용

쓰임이 있는 곳이나 쓰이는 일을
뜻하는 말입니다.

낱말 카드 ⑥ 낱말 등급 ★★☆☆☆

억지

무리하게 내세우는 고집을 뜻합니다.

어렵거나 중요한 정도를 점수로 매겨 별점에 색칠해 보세요.

4장 삼층집 짓기 ✏️ 빈칸에 낱말을 써 보세요.

□□ 나를 위해
삼층집을 지어 주세요.

siso 진짜진짜 독서논술

4장 삼층집 짓기 ✏️ 빈칸에 낱말을 써 보세요.

3층에 □□ 이 있는
멋진 집을 짓고 싶어요.

siso 진짜진짜 독서논술

4장 삼층집 짓기 ✏️ 빈칸에 낱말을 써 보세요.

말도 안 되는
□□ 을 피웠어요.

siso 진짜진짜 독서논술

4장 삼층집 짓기 ✏️ 빈칸에 낱말을 써 보세요.

1층부터 □□ 대로
지어야 해요.

siso 진짜진짜 독서논술

4장 삼층집 짓기 ✏️ 빈칸에 낱말을 써 보세요.

□□ 를 부리니
어떡하면 좋죠?

siso 진짜진짜 독서논술

4장 삼층집 짓기 ✏️ 빈칸에 낱말을 써 보세요.

사람들도 비웃었지만
□□ 이 없었어요.

siso 진짜진짜 독서논술

p23

p45
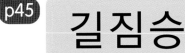

길짐승   날짐승

p47

p52

ㅅㅣ

p65

할아버지 쥐를
따라갈걸.

도와주세요.

주인집이
제일 좋아.

고냥이는
무서워.

p66

p86

흥, 부럽군.

돈은 얼마든지
있어.

3층부터
지어 줘.

p88

p92

p89

장 집